Le Livre de Poche Jeunesse

Tyler Johnson était là

Jay Coles

Jay Coles est professeur et compositeur de musique. Avec *Tyler Johnson était là*, il signe un premier roman poignant sur la brutalité policière en Amérique, inspiré par des événements de sa jeunesse, ainsi que le mouvement *Black Lives Matter*. Il vit actuellement en Indiana.

JAY COLES

Tyler Johnson était là

Traduit de l'anglais (États-Unis)
par Brigitte Hébert

L'édition originale de cet ouvrage a paru chez Little, Brown and Company,

a division of Hachette Book Group, Inc., sous le titre :

Tyler Johnson Was Here

Traduit de l'anglais (États-Unis) par Brigitte Hébert.

À MOM ET GRANDMA,
MERCI DE M'AVOIR TOUJOURS ENCOURAGÉ
À TOUCHER LES ÉTOILES
ET MONTRÉ COMMENT ME FAIRE ENTENDRE.

1

Voilà comment ça s'est passé.

Au début, c'est juste nous quatre : mes deux meilleurs potes, Ivy et Guillermo (G-mo), mon frère Tyler, et moi. On traîne dans les rayons d'un petit drugstore en rappant *Feel* de Kendrick Lamar, ma chanson préférée. On se remplace à tour de rôle pour gueuler les strophes bien fort. Chacun choisit une barre chocolatée et des chips. Pour moi, ce sera un paquet de Lay's au vinaigre, un rouleau de pastilles à la menthe pour me rafraîchir la bouche, et un grand Kit-Kat. On va à la caisse, on paye nos achats. Je suis plutôt content de rentrer à la maison avec eux et de manger devant *Campus Show*, notre série fétiche.

D'habitude, Tyler ne traîne pas avec nous (on est trop geeks pour lui), mais c'est sa façon d'entretenir le lien, sa façon de me dire : « Je t'aime, frangin », même si ces mots ne sortent jamais de sa bouche. On quitte la boutique en chantant l'air de notre série, cette fois-ci. Tyler se marre et lève les yeux au ciel. On se rend compte qu'on a traîné trop longtemps, parce que le soleil est déjà couché et que la nuit tombe.

Ça énerve un peu Tyler. Il vérifie nos portables comme s'il attendait un message important ou un appel.

Notre quartier s'appelle Sterling Point. Les réverbères flottent au-dessus des brumes de cannabis, les rues et les allées sont défoncées par les nids-de-poule, les nains de jardin sont criblés de balles. Tout est moche, merdique, sauf les fresques peintes sur les murs représentant des African Queens à la tête haute ou Tupac avec son petit sourire. Finalement, je trouve que cette laideur a sa beauté, j'ai appris à l'apprécier.

Tyler, G-mo et moi enfourchons nos vélos, Ivy saute sur son skate. On serre notre bouffe contre nous, comme si on avait peur de se la faire piquer en route. C'est là que, à un bloc de chez moi, ce gars marche vers nous, un sac à la main. Il arrive de 9th Street.

Je ralentis d'abord, puis je freine complètement. Je le connais. Il a la tête de n'importe quel blanc de Sojo High. Maigrichon, triste comme s'il ne se sentait jamais chez lui. Je crois qu'il était avec moi en Seconde. On ne s'est jamais parlé en dehors des cours, mais on partageait les partitions en musique.

J'ai entendu des tas de trucs horribles à propos des gens qui marchent seuls le soir dans la rue, des histoires de disparition. Du coup, je m'apprête à l'avertir, même de lui proposer de venir avec nous regarder *Campus Show*, mais brusquement, venus de nulle part, des coups de feu. *Bang ! Bang ! Bang !*

Rapides. Percutants. Encore. Encore.

Le petit blanc maigrichon plonge par terre en se protégeant la tête.

— Putain, c'était quoi ? crie G-mo.

Je m'écroule, le vélo me tombe dessus, je me rattrape d'une main. Ça se brouille devant mes yeux, je vois trouble, comme si on avait drogué le Kool-Aid que j'ai bu cet aprèm. Je repousse ma bécane. Une forte douleur à la tête, comme si je m'étais cogné contre le trottoir.

Mon instinct me dit de rester tranquille, de garder mes jurons et ma peur, de m'assurer que G-mo, Ivy et Tyler font pareil. C'est dur, mais je suis super entraîné.

Je me tourne vers Tyler. Il est couvert de Curly au piment, je crois d'abord que c'est du sang. Je me précipite pour le tâter, vérifier qu'il n'est pas blessé. Je suis sur le point de lui arracher ses vêtements quand je comprends : il va bien. Je vais bien. G-mo et Ivy vont bien.

Ils ont tous le visage pétrifié, comme si les coups de feu avaient libéré des enzymes de peur dans leur cerveau. Mais ils sont là.

Putain de merde, pourquoi les gangs ont-ils choisi de régler leurs comptes ce soir ?

Et là, encore sorti de nulle part, un flic se ramène vers nous. Mon pire cauchemar est en train de se réaliser. Ce ne sont pas des tirs de gangs.

Le flic est vraiment pâle, il a la peau blanche comme la neige qu'on ne voit jamais à Sterling Point. Ici, c'est plutôt les toilettes de l'Amérique par où la merde s'évacue. Il est chauve, ses yeux sont deux émeraudes glaciales. Des yeux qui crient des vacheries.

On ne devrait pas être ici.

Il traîne un jeune Noir en lui bloquant les mains dans le dos. Le garçon en sweat pousse des cris de douleur, hurle qu'il veut rentrer chez lui, implore le flic de le lâcher parce qu'il n'est pas armé, qu'il ne veut pas mourir, qu'on est innocent jusqu'à ce que sa culpabilité soit établie. Mais le flic n'écoute rien.

Là, à trois mètres de nous, il le balance par terre. Je redeviens un petit garçon qui voit son premier corps transpercé par balle, je sens une décharge d'adrénaline m'envahir. Mon cœur cogne. Une sueur froide me dégouline le long du dos.

Le flic continue de se déchaîner sur le pauvre gars en lui cognant la tête sur le trottoir, en hurlant qu'il a oublié quelle était sa place, qu'il a du flair pour débusquer les mecs comme lui. Le seul truc que je vois – que je vois net – c'est la matraque qu'il sort.

L'air que j'avale est comme de la Novocaïne. Je m'engourdis, l'adrénaline remonte d'un cran. Mon cœur fait plus que battre dans ma poitrine, il me déchire l'intérieur en cadence. Je me demande si je retournerai un jour à la maison. Je lutte pour me rappeler ce que ma mère m'a dit en dernier. C'était quoi déjà ? Mon cerveau n'arrive plus à penser.

La casquette du flic reste penchée, la matraque monte et descend en coups rapides, brutaux, qui s'abattent sur la nuque du pauvre type. À chaque respiration, ma cage thoracique se comprime un peu plus. J'étouffe de peur.

— Arrêtez ! hurle Ivy en se cachant les yeux pour ne plus voir l'horreur.

C'est là que le flic nous remarque. Il menotte le garçon, pose une main sur son étui à revolver et nous fixe.

— Pas un geste, les mômes, pigé ?

Moi je me dis : *putain. Bon Dieu. Putain de bordel de merde.*

Lentement, G-mo amorce une manœuvre en direction de son vélo. J'entends la panique dans ses longues inspirations.

— Vous venez d'où ? aboie le flic. Vous êtes là pour braquer la boutique ? Des voyous sont justement repartis de ce côté.

Dans ma tête, ça part en marathon, loin d'ici, à des kilomètres de cette saleté de ville. Des larmes brûlantes rafraîchissent mes joues glacées.

— Non ! On a braqué personne, monsieur, je vous jure !

Le flic coince toujours le garçon sous son genou. Son arme est dégainée, il la tient maintenant braquée sur nous.

— Hé ! Du calme ! Qu'est-ce qui vous prend ? dit Tyler.

— Mains en l'air ! Pas un putain de geste ! hurle le flic, l'écume aux lèvres.

L'obscurité camoufle son visage, mais pas sa haine.

— Meeerde ! s'écrie Ivy, en levant ses bras tremblants.

— *Fuck ! Fuck !* dit G-mo, comme si c'était la fin de la route pour nous.

On a entendu trop d'histoires, vu trop de trucs pour ne pas savoir que notre tour est arrivé, qu'un flic blanc va signer notre certificat de décès ce soir.

Un glapissement sort de ma gorge. L'air me semble soudain râpeux. Une scène du passé défile dans ma tête : on avait onze ans, Tyler et moi, Mama venait de se faire choper pour excès de vitesse. « Regardez vos pieds, inspirez, expirez doucement les garçons », disait-elle. Mama et Pa ne nous ont pas appris à avoir peur des flics, seulement à leur obéir.

G-mo, Ivy et moi levons nos mains en l'air, comme si on voulait toucher le ciel et décrocher les étoiles. Mama dit toujours qu'écouter, c'est aussi important que de respirer, que ça peut nous sauver la vie. Là, maintenant, je me dis que c'est le meilleur moment pour l'appliquer. Écouter ce flic. Obéir. Ne pas bouger. Garder les mains en l'air.

Mais pas Tyler.

— Ce connard va le faire, murmure mon frère.

Je bondis, le tire derrière moi, j'étends les bras comme si j'étais son bouclier.

— Arrête, Tyler.

La lumière du réverbère luit dans ses yeux. Il me repousse.

— Il fera rien. Nous, on est clean, j'te dis.

— Pas un geste ! hurle le flic.

— Qu'est-ce qu'on a fait, monsieur ? je demande en faisant attention de ne pas bouger, de ne pas avoir l'air terrifié, ce que je suis.

Le policier ne répond pas, il respire bruyamment, garde son arme pointée sur nous en attendant qu'on bouge, comme s'il lui fallait une raison de tirer, un moyen de s'en sortir par le meurtre. Il ne remarque même pas qu'il y a un Blanc maigrichon, la tête enfoncée dans le macadam comme dans un oreiller.

— Qu'est-ce qui s'est passé, monsieur ? demande G-mo d'une voix lourde, épaisse comme la confiture. Y a un malentendu, nous on…

— Vos gueules ! braille le flic.

— On a le droit de savoir. On est innocents. On est que des jeunes et vous, vous tenez un flingue braqué sur nous. Qu'est-ce qui se passe ? insiste Ivy, désespérée.

Silence. J'expire, ça débloque mes poumons.

— M'sieur, votre flingue, merde ! On veut juste savoir. On essaye de rentrer chez nous, c'est tout, dit Tyler d'une voix étonnamment ferme.

Encore plus de silence.

— Ok, donc vous…

— Tyler, tais-toi ! je crie.

— Non ! C'est lui qui se comporte comme un…

— Encore un putain de mot et je tire, je vous jure, je tire, gronde le flic.

La tête de Tyler change, comme s'il rétropédalait intérieurement et se souvenait de : « Regardez vos pieds, les garçons, inspirez, expirez doucement ».

— Parce que j'en ai marre ! reprend le flic. J'en peux plus d'entendre la même histoire de voyous qui terrorisent les commerçants du quartier chaque fois que je décroche le téléphone. Et vous, les petites frappes, est-ce que vous avez seulement idée de votre chance ?

Le revolver s'agite entre ses mains tremblantes.

— Ouais, la chance que des pauvres Blancs se sacrifient pour faire marcher leurs boutiques. C'est comme ça que vous les traitez ? Je suis fatigué de toute cette merde.

— S'il vous plaît, monsieur, tirez pas. Laissez-nous partir, je demande, les bras en compote.

— Toi, je te jure que je vais tirer si tu fermes pas ta grande gueule ! braille à nouveau le flic.

Il ne ment pas, son doigt commence à enfoncer la détente. À cet instant précis, je comprends que 1) ce flic nous confond avec d'autres jeunes 2) il est raciste 3) on va mourir.

— On rentrait ! On n'est pas ceux que vous croyez, m'sieur. Je vous jure qu'on rentrait juste chez nous.

J'ai beau lui expliquer, rien ne se passe, pas une once de sympathie, aucun doute dans son esprit, aucun remords, le flingue reste pointé sur quatre innocents.

Mes bras s'engourdissent, à rester levés si droits, si raides. Je me répète en boucle que je ne dois pas bouger, sinon c'est la fin. Je ne veux pas mourir, alors je reste immobile, même si ça me brûle dans les bras.

Et là, comme un diable qui surgit de sa boîte, le garçon blanc bondit sur le policier et le plaque au sol, en bon prodige du rugby. Un coup de feu retentit sans que je voie d'où il vient et où il finit. Mais je bouge. Donc je vais me faire baiser d'une façon ou d'une autre. Je me maudis de donner une bonne raison au flic de me tirer dessus, de me descendre sans sommation ni arrière-pensée. Le petit maigrichon crie « Cassez-vous ! » Il me faut bien une minute pour comprendre qu'il s'adresse à nous.

Alors que le flic a un nouveau problème sur les bras, on remonte en selle ou à skate, et on dégage en jurant « *fuck* » un milliard de fois, trop pour une vie entière.

Je regarde la lune et je pédale, je pédale à toute vitesse vers la maison en essayant de me convaincre que je vais bien, que je suis entier. Je n'ai jamais eu aussi peur de ma vie, je n'ai jamais été aussi soulagé de rentrer chez moi. Mama est stupéfaite de me voir pleurer et lutter pour retrouver mon souffle. Mes mots sortent désordonnés, déformés.

Elle a d'abord du mal à croire ce que je lui raconte. Même après que G-mo, Ivy et Tyler ont confirmé, elle trouve moyen de dire des trucs comme : « Pas possible ! Je peux pas y croire ! » C'est davantage un réflexe de protection, ma mère s'imagine que ses fils sont à l'abri dans ce monde alors que c'est tout l'inverse, elle cherche à l'oublier.

Les larmes aux yeux, Mama appelle le poste de police pour porter plainte. Elle s'est enfin rendu compte qu'on a failli disparaître à cause d'un malentendu et d'un flic pourri.

La dame qui répond à Mama lui dit d'attendre trente jours avant de venir remplir un formulaire. Pas contente, la mine défaite, Mama raccroche. Un air malheureux que je connais trop bien. Je la regarde se calmer, le visage caché entre ses mains.

Ivy et G-mo appellent chez eux pour que leurs mères viennent les chercher. Eux aussi racontent notre histoire, les yeux embués. Et moi je n'arrête pas d'y penser, je ressasse les moindres détails, je me rejoue la scène comme dans un film. Mes joues me cuisent.

Deux flics racistes.

Un garçon noir sans connaissance.

La mort à un cheveu.

Une seconde chance de vivre.

2

On frappe à la porte en plein milieu de la nuit.

— Police ! Ouvrez !

Les coups redoublent, plus forts. Les battements de mon cœur s'accélèrent. Je cherche à tâtons l'interrupteur de la lampe de chevet. 2 h 47.

— Bon Dieu, trois heures du mat', je grommelle.

J'entends un raclement. Ma chambre clignote en rouge et bleu quand Tyler entre. Il est en short et T-shirt de basket, avec un bandana noir sur la tête.

— N'y va pas. Mama a dit de ne pas leur ouvrir, murmure-t-il en s'asseyant sur le bord du lit.

Mama est sage – un peu trop quand il s'agit de descente de police. Elle en a pris l'habitude au fil des années, avec leur manière de cogner aux portes du quartier. C'est devenu une routine. Que ce soit pour un drogué retrouvé mort, un Blanc de Sojo High en fuite, une voiture garée dans le coin avec un pneu crevé, une Blanche qui a vu un Noir suspect.

Mama, Tyler et moi redoutons davantage les visites de police que les rues infestées de gangs. Mama a même imaginé un plan au cas où l'un de nous deux se ferait pincer par les po-po, vu qui était notre père. On a quand même intérêt à prier pour que ce jour n'arrive jamais.

Ça tambourine à la porte pendant dix minutes. Je sors à pas de loup dans le couloir en faisant attention de ne pas respirer trop fort. Tyler me suit.

Mama est au bout, bras croisés, elle nous fixe avec de gros yeux qui veulent dire : « faudra me passer sur le corps, les garçons ». Finalement, elle soupire, resserre les pans de sa robe de chambre et crie devant la porte fermée :

— Qu'est-ce que vous voulez ?

Puis à nous, elle chuchote :

— Reculez vous deux.

La voix d'un policier s'élève :

— On vient discuter de l'incident qui s'est passé en début de soirée. Vous nous laissez entrer, madame ?

— Non, je ne suis pas habillée, répond-elle en nous sommant par gestes de retourner dans nos chambres.

— Habillez-vous, s'il vous plaît. On a besoin de vous parler.

— Je dois me lever tôt demain matin. Et je ne sais rien ! Laissez-moi tranquille !

— Deux garçons sont morts ce soir, madame.

— Non !

— S'il vous plaît !

Mama jette un coup d'œil dans le judas, puis ouvre la porte. Les rayons de lune sont les premiers à entrer. Deux policiers suivent. Noirs. L'un avec des cheveux, l'autre, chauve. Ils nous font un signe de tête genre: «on vient en paix».

— Deux jeunes sont morts, vous avez dit? s'inquiète Mama en allumant la lumière.

— Oui. Au croisement de 9th Street et Elm. Tués par balles. Le premier par accident, l'autre, en légitime défense.

— Mon Dieu, c'est arrivé comment? blêmit Mama.

— Il y a déjà eu pas mal de rapports pour vol et vandalisme dans ce coin-là. Encore un ce soir, parce que des voyous se sont introduits dans un magasin. Le propriétaire était armé. Des témoins les ont décrits. L'officier qui s'est rendu sur place aurait mis la main sur les mauvaises personnes.

Je déglutis péniblement. Tyler n'est pas plus rassuré que moi. Il a les yeux grands ouverts… si grands ouverts. Mama nous regarde, inquiète, elle semble hésiter à confirmer que c'était nous, les mauvaises personnes, ses fils, toujours en vie.

— Un premier lycéen de Sojo High, de type afro-américain, a été atteint dans le dos. Il est mort sur le coup. Le second est de type caucasien, touché par un tir d'autodéfense. Nous cherchons encore son identité. D'autres suspects étaient sur les lieux, non armés, ils se sont enfuis.

Une énorme boule bloque le fond de ma gorge, j'ai les mains moites et du mal à respirer. J'oublie même de cligner les paupières. Tyler recule d'un pas.

— Ces gosses ne sont pas suspects, bafouille Mama.

— Ah oui ? Et pourquoi ça, madame ?

— Parce qu'ils... parce que ce ne sont que des gosses arrivés au mauvais endroit, au mauvais moment.

Les deux agents la dévisagent, se lancent ensuite un coup d'œil comme s'ils n'en pensaient pas moins, pour finalement opiner du chef.

— Bien. Si vous entendez quoi que ce soit, appelez-nous, OK? Ça se pourrait qu'il y ait une récompense, dit le chevelu.

— D'accord. Merci, dit Mama en rouvrant la porte.

— Attendez ! je m'écrie.

— Qu'est-ce que tu veux, fiston ? me répond le chauve.

— Le policier qui était là, il aura des ennuis? Il a été blessé ?

— Il risque la mise à pied. Il a fait son boulot, mais a manqué de précaution. Des gosses innocents ont risqué gros par sa faute.

— Il a bien failli en tuer plus que deux, je marmonne.

Les policiers repartent. Je respire. Mama explose.

— Vous la fermez ! Vous ne racontez rien de rien, compris ?

— Oui, Mama, répond-on d'une seule voix.

— Pareil pour Ivy et G-mo, dites-leur de ma part.

Une fois recouché, je dors à peine deux heures avant de démarrer une nouvelle journée de ma vie chaotique à Sojo High.

—

Il y a deux semaines, j'ai envoyé une lettre à mon père :

Cher papa,

Est-ce qu'aujourd'hui c'est le jour pour cesser de croire en la vie ?

Est-ce que là maintenant tout de suite, c'est le moment de pleurer ?

Dis, papa, c'est comment là où tu es ?

Tu me manques.

Je te serre très fort.

Marvin

Je tuerais pour qu'il revienne, cette pensée m'obsède. J'écoute Tupac rapper sur son père qui n'a jamais été présent.

Il y a neuf ans, quand j'en avais huit, mon père a été condamné pour un crime qu'il n'a pas commis. Les souvenirs sont comme des balafres dans ma tête. Les coups sur la porte jusqu'à ce qu'elle cède, les cris de Mama et de Tyler, la déchirure dans mon cœur. Du noir, des bras noirs qui traînent mon père comme un monstre à expédier aux enfers. J'ai cru tomber en mille morceaux en déboulant là-dedans. Je hurlais à m'en éclater les poumons, j'étais anéanti, et après, le flash. Un des policiers de Sterling

Point m'a assommé d'un coup de matraque. « Pour ton bien », ont-ils dit.

Écrire à mon père m'aide à voir plus loin, au-delà de la honte, au-delà de son absence. Ça m'aide à cesser de pleurer, parce qu'il y a une chose dont je me souviens de lui – un truc qui se joue non-stop dans ma tête – c'est qu'un homme ne pleure pas. Chaque jour, je me le rappelle. N'empêche que, parfois, c'est quand même trop dur.

Mon père est à cinq heures de route d'ici, à l'autre bout de l'État, dans une prison minable, moisie, rouillée. Un trou du cul du monde poussiéreux et brumeux qui s'appelle Montgomery Correctional Facility. Je n'y suis jamais allé, Mama ne veut pas. En plus, on n'a pas les moyens de se payer le trajet. Pour ma mère, Montgomery est aussi loin de Sterling Point que la Russie.

Il devrait être parmi nous, on l'accuse à tort. C'est parce qu'il fréquentait les hommes qui ont commis la faute que mon père a connu le même sort.

Date : 19 septembre 2018
Destinataire : Marvin D. Johnson (mon fils)
De : Jamal P. Johnson
Numéro d'écrou : 2076-14-5555
Message : Salut fiston, c'est Daddy.

Tu me manques encore plus qu'un ciel d'été oublié par les étoiles. J'espère que ma lettre te trouvera en forme. Je retire ce que j'ai pu te dire à propos de ne pas pleurer, mon grand.

Pleurer libère. Pleurer t'aidera à dépasser la peine qui meurtrit ton cœur.

Le meilleur moment pour pleurer, c'est à la nuit tombée, aussi bizarre que ce soit. Quand toutes les lumières sont éteintes, quand il fait sombre, quand personne ne te voit.

Je déteste où je suis, fiston. Ah ah, c'est nouveau ça ! Chaque matin je me réveille choqué d'être ici et encore plus triste de ne pas être avec toi, ta mère et Ty-Ty. Il paraît qu'arrivé à la neuvième année, on s'habitue. C'est peut-être vrai. Encore dix ans et je reverrai ton sourire, mon garçon.

Je ne me ferai jamais aux surnoms, aux mots, aux coups, et au fait qu'ils disent que je suis un mauvais homme, un monstre. Je laisse tomber une larme sur le papier pour que tu saches que je suis là, avec toi, même si on n'est pas ensemble.

Écris-moi encore mon grand.

Ton Papa qui t'aime. Pour toujours.

Jamal D. Johnson
Montgomery Correctionnal Facility
Montgomery, Alabama

J'enfile mon sweat « I didn't choose hood life, the hood life chose me », parce que ce n'est pas moi qui ai choisi le ghetto, mais l'inverse, et un jogging, parce que c'est mon tour de corvées avant d'aller au lycée. Hey, je suis surexcité de savoir qu'il pleure. Ça sera mon tour ce soir. À la nuit tombée.

3

Tyler est mon frère jumeau, mon double, en plus agité et crédule. Nés un 16 juin – jour qui a battu les records de chaleur cette année-là – à deux minutes d'intervalle. Tyler est sorti le premier, c'était un samedi écrasant et moite, a dit Mama. Papa a assisté à la naissance de Tyler, mais comme ça l'a rendu malade, il a manqué la mienne. Je me dis souvent que c'est la métaphore de toute ma vie.

Il y a deux sortes de jumeaux : les doubles identiques et les doubles fraternels. Tyler et moi, on est entre les deux. On a la même tête, mais on est différents. Je suis mince, pas lui. Je suis du côté sombre du spectre, il est plus clair. Je ressemble beaucoup à Dwayne Wayne, mon acteur préféré de *Campus Show*, sauf pour les cheveux : il a une coupe en brosse, j'ai la nuque et les oreilles dégagées, mais j'ai les mêmes lunettes de soleil que lui ! Pas mon frère.

Tyler et moi sommes synonymes, on va ensemble comme le poivre et le sel, mais on n'est pas pareils.

C'est vrai qu'entre toutes les nuances de noir, j'ai la plus sombre de la famille. Tyler a le teint brun-noisette comme Papa et G-mo. Les gens disent qu'on ressemble à Mama. On a les mêmes longs cils recourbés et ses cheveux qui frisottent toujours après la douche. On a le nez paternel. Un sujet de plaisanterie qui revenait à chaque Thanksgiving ou pendant les dîners en vacances.

La grosse Volvo de Mama pue le cendrier qui déborde, les chaussettes de sport de Tyler et le cuir moisi. Les banquettes sont défoncées par les années, trouées par le manque d'oxygène. Les vitres ne descendent plus. Tout ceci explique pourquoi Tyler et moi détestons monter dans la voiture de Mama. Encore moins pour aller à Sojourner Truth High School, notre bahut. Ça craint, parce qu'il n'y a pas de bus scolaire dans notre quartier.

Le trajet dure quinze minutes, Tyler et moi écoutons la radio, qui passe des vieux tubes de blues, la musique préférée de Mama. Elle est au téléphone avec sa sœur aînée, tante Nicola.

Tante Nicola habite en haut, dans l'Indiana. Elle était flic, mais s'est arrêtée de bosser pour élever ses enfants. Juste avant d'être recrutée par le FBI. Une super-flic au pays du maïs. Tante Nicola est la preuve que les policiers ne sont pas tous mauvais, même si c'est parfois difficile à croire. Mama dit que sa sœur gagnait assez de fric pour tout plaquer et se marier à son riche Noir qui fait du business. Il l'entretient, elle et ses enfants. Une vraie bourge, tante Nicola.

Elles parlent maintenant des flics d'ici et de ce qui nous est arrivés à Tyler, G-mo, Ivy et moi. Tante Nicola est sur haut-parleur, on l'entend. « Faut que tu coinces les jujus pour LA conversation. »

Après le clic du téléphone, Mama nous dit : « On parle ce soir, les garçons. Pas d'entourloupes. » Au ton de sa voix, je sais déjà de quoi il s'agit. Pas des roses et des choux-fleurs, non. Ce soir, on aura droit au sermon, LE sermon. Celui qu'on a déjà entendu si souvent mais jamais assez. Le sermon que toutes les mères et les pères noirs dispensent à leur progéniture au moins une fois par mois. Le sermon « tu-vis-dans-un-monde-de-Blancs-alors-sois-prudent ». Mama le veut encore plus après ce qui s'est passé hier soir.

Elle s'arrête devant le lycée, descend de voiture pour nous ouvrir, puisque les poignées intérieures ne fonctionnent plus.

— Bonne journée, mes garçons.

Elle nous embrasse à tour de rôle sur le front et nous serre dans ses bras, comme si elle sentait que ces moments bénis lui seraient arrachés, expédiés dans un trou noir du cosmos ou quelque chose d'aussi dingue que ça. Les gens ne s'évaporent pas, n'est-ce pas ?

Tyler et moi filons vers l'aile A où se trouvent nos casiers. L'un à côté de l'autre puisqu'ils sont attribués par ordre alphabétique. Rouge sang, cabossés, tailladés par les coups de clé et les décennies d'élèves. Une odeur de beuh flotte.

Hop, j'ouvre le mien, j'attrape les manuels dont j'ai besoin. Je remarque que Tyler enfourne les mauvais dans son sac. Il claque la porte de son casier en me tournant le dos.

— Tyler, ça va ?

— Ouais.

Il a sa moue de suceur de noyau de cerises, comme dit Mama. Ça veut dire qu'il ment, je le sais.

— Un problème de nana ?

Son rire sonne faux. Il jette son sac sur l'épaule, les yeux toujours ailleurs.

— C'est à cause du flic et de ce garçon qui…

— Non.

OK, il ne veut pas me parler. D'un autre côté, je ne sais pas trop comment l'obliger à se confier. Je le trouve distant, depuis quelque temps.

— J'y vais. On a un QCM, me dit-il. Faut que je récupère les réponses d'un pote avant la sonnerie.

Je le regarde partir, je remarque aussi des taches brunes au plafond, puis je me décide à y aller.

Le cours de littérature pour « élèves méritants » de Mme Tanner est un ramassis de conneries. On n'apprend rien qui en vaille la peine. Aujourd'hui encore, ça porte sur les mêmes Blancs décatis et leurs poèmes de Blancs qu'elle nous oblige à recopier sur des copies blanches. En ce moment, elle raconte que Shakespeare était le premier rappeur de toute l'histoire. N'importe quoi. Mme Tanner est à côté de ses pompes.

On enchaîne les lectures, les exposés, un tas de trucs sans intérêt conçus pour les élèves blancs. Ce que je veux dire, c'est que cette école, ce cours, n'ont pas été prévus pour moi, mais pour les Blancs, le peuple blanc, comme me le répète toujours Mama. Le cours de Mme Tanner est donc pour le peuple blanc, même s'il est réservé aux élèves avancés et qu'on est censé y apprendre des trucs honorifiques à propos de notre culture, de notre héritage, de la vérité, de la haine du reste du monde envers ceux qui sont comme moi. Les Noirs, les Bruns, ceux qui seront toujours haïs.

Je jette un coup d'œil à Tyler, il pionce au dernier rang. Autrement dit, ce soir, il me demandera de l'aider, ou plutôt de lui refiler les réponses. C'est OK parce que ce cours est nul et que je connais déjà tout. Shakespeare a inventé le pentamètre iambique, son Sonnet 18 s'adresse à un jeune homme. Les sonnets ont une forme identique de trois quatrains suivis d'un distique final. Ethos, pathos, logos, et bla bla bla.

Je suis devenu un pro de la rêverie, je suis très fort pour bloquer le bavardage blanc qui sort de la bouche de Mme Tanner. Et je confirme, parfois ça aide d'avoir mémorisé les épisodes de ma série préférée pour me les rejouer dans la tête.

La voix de G-mo me fait bondir.

— Hé, mec, elle te parle, chuchote-t-il en me pinçant le dos.

— Oui ? je m'exclame comme si un plomb avait sauté.

— « Faire chou blanc » est un exemple de quoi, M. Johnson ?

La prof me fusille du regard. En moins de trois secondes, j'ai des flashs dans les yeux.

— Tirer à côté ?

— Non. Il s'agit d'une expression idiomatique.

La classe explose de rire. Tyler se réveille. Je jure que je sais ce que c'est, mais elle m'a pris par surprise. Mme Tanner reprend le fil de son cours, je repars, loin, très loin d'ici.

Si on habite le quartier, on a un surnom, un *street name*, c'est quasi automatique. Pour nous, les rien-de-rien, ça ne sera jamais quelque chose d'inquiétant, comme Big Killer ou Devil. On nous appelle plutôt par des noms crétins. Biquet, Chamou, si t'es rondouillard ; Prépuce, si t'as la voix haut perchée, ou encore carrément Tagueule, pour l'effet dramatique.

G-mo, Ivy et moi, sommes les *gratins de courgettes cramés* : brun sur le dessus, blanc en dessous. On a adopté le nom. D'ailleurs c'est délicieux le gratin, surtout chez Little Debbie, du coup on est fiers d'être le club des courgettes.

Après la trigonométrie de Mme Bradford, je vais à la cafète, qu'on appelle aussi le clapier. C'est supposé être « l'espace convivial de restauration » mais l'architecte s'est planté, il a mal fait son job : la cafète est une fosse brunâtre au bout d'une piste de bowling.

C'est quand même là que je retrouve G-mo et Ivy tous les midis à notre table. Nous, les geeks qui adorons les sciences et *Campus Show*, au milieu des sportifs, des BCBG, des fils à papa, des pom-pom girls, des garçons manqués, des gamers, des hipsters, des wannabe gangsters (ceux qui s'y croient parce qu'ils écoutent du rap alors qu'ils vivent planqués dans leurs beaux quartiers) et les punks (ceux qui cherchent toujours les ennuis). Notre monde est le plus petit d'entre tous, mais ça nous va. J'ai lu qu'on n'avait pas le pouvoir de choisir d'où on venait, que ce soit du bas ou du haut de l'échelle, d'un milieu riche ou pauvre. On naît.

— J'ai dit à cette meuf d'aller se faire foutre ! s'emporte Ivy.

G-mo ouvre de grands yeux.

— C'est une hétéro, explique alors Ivy. Jamais je collerai ma langue dans sa bouche à moins qu'on invente des capotes buccales ! Choper en ligne, c'est nul.

La conversation se poursuit en rigolant. Il n'y a que nous trois à une table de dix. G-mo, qui vient de Colombie, mon meilleur pote depuis la primaire ; Ivy, métis et lesbienne (un truc de ouf, parce qu'elle se tape toutes les super-nanas) et moi, un Noir (pas complètement noir mais pas loin) baptiste du sud et très geek.

G-mo et moi mangeons des quesadillas poulet-tomates-laitue, mais on dirait des sandwichs écrasés dégoulinant de fromage fondu. Ivy a été plus futée en choisissant un panini au fromage et une soupe « mitonnée » de tomates. On discute de ce qui s'est passé hier soir.

— J'ai vérifié sur Twitter, y a rien du tout, dit G-mo. C'est complètement dingue que personne n'en parle.

— Je voulais lancer un blog pour le mec qui s'est fait descendre. Il était du lycée, n'est-ce pas ?

Non seulement Ivy est d'une grande sagesse pour son âge, mais en plus elle se soucie des autres. Je l'adore pour ça.

— Oui. C'est dingue, hyper angoissant.

Toute ma vie j'ai entendu parler de gens qui se faisaient descendre par la police, mais je ne m'étais jamais préparé à l'idée que ça puisse arriver si près de chez moi. J'étais persuadé qu'en évitant les ennuis, en respectant la loi et en conseillant à Ivy, G-mo et Tyler de faire pareil, tout irait bien.

Des vigiles tournicotent dans la cafète, haut lieu de bagarres. L'histoire du lycée ne connaît pas une seule semaine tranquille. Parmi toutes les écoles de l'État dans un rayon de trente kilomètres, Sojo High possède le nombre d'expulsions le plus élevé. La raison principale : les bagarres. Et comme nos équipes sportives sont des rase-mottes en compétition, on est fiers de se distinguer par quelque chose…

J'aperçois Tyler à la table de Johntae, ils rigolent fort. Qu'est-ce que mon frangin fout là-bas ? Il ne s'assoit jamais avec Johntae et sa bande. Ça fait un an que Tyler nous a lâchés, mais pourquoi les choisir, eux, et maintenant ? On sait tous que Johntae est dealer de drogue, chef de gang à Sterling Point. Il aime la beuh autant que *Kanye loves Kanye*, et que G-mo aime se masturber. Incroyable mais vrai, Johntae n'a pas encore été viré du lycée. Il se traîne une moyenne générale pourrie et paye des gars comme moi pour lui faire ses devoirs.

Johntae s'interrompt au milieu de sa conversation avec Tyler en voyant que je les observe. Je sens que mon frère s'empêche de se retourner pour ne pas croiser mon regard. Celui de Johntae est glacial, je baisse rapidement les yeux.

— Vous savez ce que je déteste ? je demande à mes potes.

— Ouais, Mme Bradford, comme nous tous ! s'amuse G-mo.

— Non, je déteste me sentir piégé. Complètement coincé. Comme le pauvre Noir dans *Des fleurs pour Algernon* qui n'a plus aucun sens de l'orientation, qui est paumé jusqu'à la fin de ses jours. Moi, je veux vivre. Je veux être comme eux, être en phase. J'en ai marre d'être jamais chez moi là où je vis.

C'est plus fort que moi, je regarde à nouveau Johntae.

— Comme eux ? s'exclame alors G-mo, tu veux devenir un Wangster ? Dieu du ciel, qu'est-ce que T'as fait à Marvin Darren Johnson, mon pote de toujours ? Le Marvin que je connais n'a jamais pensé une seule seconde à ressembler à ces mecs là… T'as déjà oublié qu'on a failli se faire descendre parce qu'on nous a confondus avec eux ? Putain de merde, alors.

— Mais non, je veux juste coller, comme eux.

— Moi, je te comprends, dit Ivy.

Chère Ivy, qui cherche toujours à me comprendre, qui est intuitive, qui capte ma façon de penser, comme si elle était mon double, mon *doppelgänger* en fille.

— Ça serait cool si je collais avec les cheerleaders, ajoute-t-elle, songeuse.

— T'as déjà le look, dit G-mo.

— Tu trouves ? Non, j'ai la poitrine trop plate. On m'a dit que les coaches regardaient ça en premier.

— C'est justement pour faire changer ces trucs à la con que tu dois y entrer. Paraît même qu'une fille les a soudoyés avec des tartes aux myrtilles.

— Tsss, un truc de Blancs ! rigole Ivy.

Je n'ai pas le temps de répliquer, c'est parti pour une bagarre. Entre deux filles, aujourd'hui. Une Noire, grande, agressive, en minijupe, contre une autre Noire, garçon manqué. Elles sont déchaînées, balancent les chaises par terre, se frappent à coups de plateaux. Ça se rapproche de nous. L'une est projetée par l'autre contre notre table. Le vent de sa chute me souffle à la figure. J'ai l'impression d'entendre les bleus et les gnons des combattantes.

On évacue notre table, les surveillants et le principal se précipitent pour les séparer. Une fois l'agitation retombée, ne reste plus qu'un sillon d'odeurs mêlant transpiration et gel pour cheveux.

—

Plus tard ce jour-là, je suis convoqué chez M. Dodson, le principal. Son bureau est saturé de vieux papiers, de bouquins entassés, de taches de café et de traînées de moutarde. En moins de deux secondes, je suis en sueur, des gouttes me tombent devant les yeux. Ça pue, il fait aussi chaud que dans le cul du diable, ça me gratte tellement que je jure de filer prendre une douche en sortant d'ici.

M. Dodson, la cinquantaine, ressemble à un ancien joueur de foot avec ses épaules larges et son air de bouledogue permanent. Son front noir est trempé comme s'il revenait du terrain. La plupart des profs de Sojo High sont Blancs, je pensais que lui et moi, on s'entendrait parce qu'on partage le même héritage. Mais non. Il porte des boutons de manchettes en forme de glaçons pour montrer qu'il est froid comme la banquise. C'est un connard, tout le monde l'évite.

— Vous savez pourquoi vous êtes là, monsieur Johnson ?

— Non, monsieur.

J'ai les paumes moites, maintenant, comme si je les avais trempées dans de la vaseline. Je m'essuie sur mon pantalon. M. Dodson brandit des feuilles sous mon nez.

— Vous les reconnaissez ?

— Non, monsieur.

— Regardez plus près.

Je reconnais alors ma disserte d'anglais, la dernière que j'aie rendue sur ma série préférée.

— Expliquez-moi pourquoi je devrais perdre mon temps avec quelqu'un qui se fiche du monde ?

Dodson hurle, ses vociférations me transpercent les tympans.

— Mais… J'ai passé beaucoup de temps sur cette disserte. Il fallait choisir un chef-d'œuvre qui nous inspirait. Dwayne Wayne est mon héros, sa série est le reflet de la réalité.

Dodson éclate de rire, comme si je venais de lui raconter une blague hilarante. Il rit si fort qu'une larme coule de son œil gauche. Soudain, son rire hystérique s'éteint, Dodson me fixe en silence, attendant que je fasse machine arrière. Je ne baisse pas les yeux, mais j'ai les mains toujours aussi dégoulinantes.

— Vous croyez vraiment qu'une émission de télé compte pour de l'art ?

Une flamme de rage danse au fond de ses yeux, comme si les jours frénétiques de la création étaient sur le point de se déchaîner sur moi.

— *Campus Show* est bien plus qu'une émission de télé. C'est une série qui traite de la condition noire. Moi, ça m'a montré comment je pouvais réussir, même si les autres pensent le contraire. Ça m'a appris à ne pas avoir peur d'oser la différence. Les personnages de cette série savent ce que ça veut dire, d'être comme moi.

— Ah oui ! Un vulgaire show télévisé vous l'a appris ? Pas les écrivains aussi illustres que Langston Hughes ou Toni Morrison ?

— Je n'ai pas dit ça, monsieur. Pardon, mais les Noirs ne sont pas faits d'un seul bloc. On a le droit de se sentir inspiré par plus d'une poignée de gens. Hughes est mon poète préféré, ça ne veut pas dire que ce soit le seul qui m'inspire.

— Je n'ai jamais rien entendu de plus ridicule. Ah si, j'oubliais votre essai !

Mon cœur chavire. Puis, je me souviens de ce que m'a écrit Papa. C'est mieux de pleurer le soir quand je suis tout seul. Alors je me retiens, même si c'est difficile.

— Vous avez encore l'audace de croire que le MIT vous acceptera ? continue Dodson-le-bulldozer. Vous, un garçon qui ne prend même pas l'école au sérieux ? Je vais être clair, Johnson, soit vous rectifiez la barre, soit vous sortez le MIT de votre vocabulaire.

— Quoi ?

— On est dans la vraie vie, pas dans un film. Les fumistes comme vous n'ont pas leur place au MIT ni dans aucune autre université prestigieuse des États-Unis.

— Je ne suis pas d'accord. Moi, je pense qu'il y a plein de places, mais que ce sont les gens comme vous qui ne nous aidez pas à en être persuadés.

— Vous vous prenez pour qui, Johnson ? dit-il d'une voix glaciale. Ici, c'est Sojo High, le lycée qui a les pires résultats de l'État. Pour les commissions d'admission, vos cours réservés aux élèves méritants, vos A, votre soi-disant inspiration, c'est de la merde.

— …

J'ai envie de crier, de hurler à pleins poumons, parce qu'une fois de plus, on vient de me rappeler que je ne suis pas assez bien, que je ne le serai jamais assez, que je ne sortirai jamais d'ici. *Campus Show* n'est qu'une fiction. Il n'y a pas d'avenir pour les gens comme moi.

— Retournez en classe, Johnson.

Je ramasse mon sac et je me lève. Le ventilateur du plafond couine, la poignée de porte grince quand je la tourne. Les yeux de Dodson sont vissés sur moi.

— Vous devriez regarder un épisode, monsieur. Ça vous montrerait en quoi l'éducation a du potentiel. Peut-être même que vous aimerez.

Et je sors.

4

Sur le trajet vers ma salle de cours, je tombe sur Johntae et Tyler, tout sourire, en train de se serrer la pince comme deux vieux potes. D'habitude, les couloirs sont bondés, pas maintenant.

Ils sont devant le labo de sciences. Pourquoi Tyler traîne-t-il avec un sale type comme Johntae ? Je m'éclaircis la gorge bien fort pour interrompre leur petit manège. Et là, ma journée de merde continue : Tyler me zieute avec un sourire forcé. Il me cache quelque chose, je le sais, je le sens. Mon frère est en train de devenir quelqu'un d'autre. Je me dis même à ce moment-là, *c'est le regard qu'a posé Caïn sur Abel.*

— Qu'est-ce qu'y a ? me demande Tyler.

— Rien, rien, c'est juste que… euh…

Il glousse, s'éloigne, le sac à dos bâillant sur son épaule, puis se retourne sans s'arrêter.

— Au fait, dis à Mama que je rentrerai plus tard ce soir. J'ai un truc avec des potes !

— OK.

Je lui fais signe jusqu'à ce qu'il disparaisse à l'angle du couloir, quand soudain, ça me frappe : je suis seul avec Johntae. Même s'il est pote avec mon frère, ce salaud est capable de me chercher des histoires. D'ailleurs, il m'observe longuement.

— Tiens, tiens, tiens, Marvin le macaque.

Qu'est-ce que j'avais dit. Je déglutis péniblement. Dans ma tête défilent les horreurs qu'il pourrait m'infliger. Ça n'a jamais été plus loin que de me claquer la tête dans mon casier ou de me faire tomber les cahiers des mains, façon Karaté Kid, mais là, nous sommes seuls. Mon cœur tambourine.

Johntae est une caricature de voyou de la tête aux pieds. Bandana noir, T-shirt noir jusqu'à mi-cuisses, jeans baggy, pompes de sport blanches jamais lacées. Il se plante à quelques centimètres de moi.

— Toi et tes potes geeks, vous puez le petit Blanc, me crache-t-il à la figure.

— T'as besoin d'une définition pour Noir ? Ça veut pas seulement dire ghetto, tu sais.

Johntae éclate de rire. Un hurlement de hyène. Il colle son nez sous mes yeux, je respire son haleine.

— Tu connais rien au ghetto, courgette. Faut avoir reçu une balle dans le dos et un coup de couteau en vendant du shit, tu piges ?

J'acquiesce à ses mots comme à une sentence de mort. Il recule enfin. Ses yeux s'attardent un peu trop longtemps sur ma chaîne. Celle de Papa, la seule chose que je possède de lui. Merde. Mon ciel se noircit.

— Ouuuaiiis, mec ! File-moi ça.

— Quoi ?

— T'as entendu, p'tit con, tu me files ta chaîne.

— Ça vaut rien.

Il tend d'abord la main, se mord la lèvre, puis se jette sur moi et me cogne contre la rangée de casiers métalliques. Sensation glaciale. Je vois trente-six chandelles, j'ai la tête qui tourne. Il me tient par le cou, ses ongles enfoncés dans ma chair. J'ai du mal à respirer.

— M'oblige pas à répéter, p'tit con.

Je cligne les yeux en signe d'approbation. L'étau se desserre, mon cerveau est à nouveau drainé, mes yeux voient. Je retire lentement la chaîne et la dépose dans sa main.

— Pourquoi moi ?

— Parce que t'es pas comme moi.

Il s'éloigne, le baggy encore plus bas sur les fesses et me fait un doigt d'honneur.

— T'es pas pareil, p'tite fiotte.

Une journée de merde.

En quittant le lycée, j'aperçois Tyler un peu plus loin dans la rue. Il est avec Johntae et sa bande. Le jeans de mon frère traîne aussi par terre, il porte toujours son sweat de sport et une casquette. *Je ne comprends pas pourquoi il marine encore dans ses affaires de sport alors que l'entraînement est fini depuis longtemps.*

Tyler regarde quelque chose dans sa main pendant que Johntae lui parle. Il lui balance ensuite un coup de poing dans la poitrine. Mon frère a des ennuis, de gros ennuis. Et moi je stresse pour lui. Tyler sort un paquet de sa poche, le tend à Johntae, qui sourit. Ça craint un max. Tyler sourit à son tour, mais de peur. Mon cœur bloque un battement sur deux. Johntae remet une liasse de billets à Tyler.

Non, pas ça.

Je suis pétrifié. Je regarde Tyler parler, rire avec Johntae, mais au lieu d'aller le secourir, je finis par rentrer à la maison en prenant des raccourcis par les arrière-cours, en escaladant les clôtures, en coupant à travers les résidences.

5

Mon quartier. Je le vois, je le respire, je le connais par cœur. Des fillettes sautent sur une marelle dessinée aux craies de toutes les couleurs. Des garçons plus âgés jouent au foot de chaque côté de la rue, sur le bitume craquelé. Divisés en équipes, encore plus séparés. Des parents se reposent devant chez eux en sirotant une boisson fraîche. Tout est faux. Faux sourire, faux bonjour, fausse tranquillité.

Quand j'arrive chez moi, G-mo s'est déjà servi dans le frigo ; écroulée sur le lit, Ivy feuillette mes magazines de jeu vidéo. Son téléphone hurle *Hip Hop Ride* de Da Youngstas à fond la caisse.

— Un nouveau *Call of Duty* va bientôt sortir, vous étiez au courant ?

G-mo lui arrache le magazine des mains.

— Ça serait mieux avec moins d'images de synthèse ? J'ai toujours mal au cœur quand je joue, je réponds.

— Nan, il en faut encore plus ! objecte G-mo, la bouche pleine. Moi, je veux plus de sang et de boyaux !

À trois dans ma petite chambre, on crève de chaud. J'ouvre la fenêtre. On évite l'air conditionné, parce que Mama a déjà du mal à payer les factures d'électricité.

— J'ai vu un truc et je ne sais pas quoi faire, je lâche à mes amis.

Ivy baisse le volume et se redresse pour m'écouter.

— Quoi ? M. et Mme Pornaul baisaient encore dans les vestiaires ? Avec un nom pareil, c'est pas surprenant ! ironise G-mo, toujours subtil.

— Non. Je crois que Tyler est devenu dealer.

— Quoi ? Putain, tu le crois vraiment ? s'exclame Ivy.

— Je l'ai vu avec Johntae. Ils s'échangeaient un paquet. C'était forcément de la drogue.

— Tu vas faire quoi ? demande G-mo, soudain sérieux.

— Je vais…

On frappe à ma porte qui n'est pas fermée. Tyler.

— Salut, dit-il en passant la tête, le bandana toujours vissé dessus.

Je réalise alors qu'il le porte en permanence. Un autre changement.

— Tu sais où est passé le jambon ? me demande-t-il. Y en a plus. Pourtant je l'avais planqué au fond du frigo.

Ivy glousse, le nez dans un magazine. G-mo déglutit en vitesse sa dernière bouchée de sandwich, comme pour effacer toute trace. Je lève les yeux au ciel.

— Mama t'a dit plein de fois que c'était débile, je rétorque.

— N'empêche qu'elle fait pareil, y a tout un rayon de confiseries dans sa chambre !

G-mo m'implore du regard de ne pas le dénoncer, mais je ne peux pas non plus mentir à Tyler.

— G-mo avait faim !

— Marvin, t'es plus mon frère ! Tyler, je te jure, j'savais pas ! J'aurais pas dû, déso…

— Relax, mec, c'est bon, j'irai en racheter.

J'avoue que cette soudaine gentillesse m'épate, mais j'apprécie. Cela ressemble plus au Tyler Johnson que je connais et que j'aime. Je me souviens, en primaire, quand on habitait South Side, on partageait la même chambre. Il arrivait, après que Mama nous a souhaité bonne nuit et éteint la lumière, qu'on se relève pour jouer au basket dans l'arrière-cour. (Mama avait un sommeil de plomb !) On jouait souvent pieds nus sans y voir grand-chose. Une nuit, je suis retombé sur un tesson de bouteille. Tyler m'a désinfecté, bandé le pied puis aidé à me recoucher. J'ai boité pendant une semaine. Chaque fois que Mama s'étonnait et disait : « Qu'est-ce qui ne va pas avec ton pied, Marvin ? », c'est Tyler qui répondait à ma place. Du coup, je demande à Tyler s'il veut jouer ce soir.

— Euh… Non, je suis occupé. Une autre fois, OK ?

Occupé. Occupé à quoi ? Une sueur froide me gagne, j'ai du mal à me contenir. Mais avant que je puisse poser la moindre question, il lance sur un ton nonchalant :

— Au fait, Johntae organise une fête, vendredi, il a dit que je pouvais inviter des potes. Venez tous les trois. Y aura des nanas, ça va déchirer.

— Yeah ! Des gonzesses ! Une soirée ! Je viens ! Je viens ! s'exclament G-mo et Ivy.

Tyler me sourit comme si de rien n'était, comme s'il n'était pas l'ami de Johntae, dealer notoire du quartier, comme s'il n'y avait aucun souci. Ça me demande un effort suprême pour ne pas lui sonner les cloches. G-mo et Ivy se la jouent cool, genre tout va bien.

— J'irai pas, je réponds finalement.

Le sourire de Tyler s'éteint aussitôt.

— Quoi ? lancent Ivy et G-mo en chœur.

Ben voyons, dans deux minutes ils vont m'expliquer qu'une soirée chez un dealer, c'est pareil qu'une invitation au mariage de Beyoncé et Jay-Z.

— Hé, Marvin, qu'est-ce qui te prend ? Bien sûr qu'on y va ! lance Ivy. Les week-ends, ça sert à sortir, à rencontrer des louloutes.

Les miens se ressemblent tous : je me lève, je mange, j'expédie mes corvées, j'écris à Papa, je relis ses lettres, je reprends mes corvées (« Parce que c'est jamais fini », dit Mama), je m'avance dans mes devoirs, je regarde Megan Fox et Zoe Saldana sur le net et je me masturbe. Y a pas de honte. Et ça ne vaut pas le coup de gâcher mes chances d'entrer au MIT si quoi que ce soit arrive chez Johntae.

— J'emmerde Johntae. J'emmerde sa soirée. J'en ai rien à foutre.

— T'es trop nul, ronchonne G-mo.

— Pourquoi tu veux pas ? Arrête de jouer au con, Marvin, dit Tyler.

— Putain, Johntae est un dealer de drogue ! Et d'un, Mama va péter un plomb si elle l'apprend, et de deux, je ne vois pas l'intérêt d'y aller... Mais si vous avez envie, vous gênez pas pour moi, les courgettes.

Tyler s'approche, plante ses yeux dans les miens et m'attrape par les épaules.

— *Keep cool*, Marvin. Je sais que c'est pas facile sans Papa et que Mama a du mal à joindre les deux bouts. Elle se crève le cul pour payer les factures, sans parler de tes études qui arrivent. Johntae va nous aider pour tout ça. C'est tout.

— Oublie, Tyler, c'est pas possible.

— T'es comme Mama, toujours négatif. Vous êtes pires que des gardiens de prison.

— Putain, Tyler, faut te le dire comment ? C'est un DEALER.

J'en ai les oreilles qui sonnent. Assis sur le lit, Ivy et G-mo sont consternés.

— J'ai le texto de Johntae avec son adresse. Si vous changez d'avis, faites-moi signe, conclut Tyler.

Quelques secondes plus tard, j'entends la porte d'entrée claquer derrière lui.

6

Mama dit toujours que, quand on est une famille, on vit ensemble, on dîne ensemble. Mais Papa n'est pas là, Tyler non plus. Il n'y a qu'elle et moi à table. On se regarde en silence, on mange nos spaghettis au fromage, cuisinés avec les restes. (Je ne me plains pas, c'était ça ou du bouillon de légumes). Après que Mama m'a interrogé deux fois sur Tyler et que j'ai menti deux fois en répondant qu'il révisait avec des potes, il arrive enfin. Sa chemise est chiffonnée, son sac à dos couvert de boue. Il pue le funky, c'est-à-dire l'herbe et la transpi.

— Je ne sais pas d'où tu viens, mais tu es en retard, l'attrape Mama.

Gêné, Tyler se gratte la tête.

— Je révisais.

Je ne sais pas pourquoi il ment, Mama est un détecteur de mensonges.

— Tu révisais ?

Tyler ne répond pas. La température prend brutalement dix degrés dans notre maison miteuse. Le regard de mon frère se fait fuyant. Mama le remarque aussi.

— Avec qui ?

— Des potes.

— Des potes, répète Mama en détachant ses mots.

Ça va être sanglant. Je le sens.

— Et ils s'appellent comment, tes potes ? Ils habitent où, tes potes ? Pourquoi est-ce que je ne les connais pas ?

Tyler hésite, puis débite leurs noms en trébuchant sur les syllabes comme sur une route pavée :

— Johntae, Fish, Zig, Big Money et Moe.

Mama bondit de sa chaise et le gifle. *Paf*, ça claque.

— Big Money et Fish, c'est pas des prénoms, ça. Dis-moi comment ils s'appellent !

Tyler se voûte un peu plus, se frotte le nez, puis lâche :

— Je les connais pas.

— Tu ne sais pas ?

— Non. Ils veulent qu'on les appelle comme ça.

— Tyler, tu vas tâter de mon ceinturon ! hurle Mama.

Mais au lieu d'attraper ledit ceinturon, Mama ferme les yeux, inspire profondément pour se calmer, retourne s'asseoir, puis sort une cigarette et son briquet.

— Tout ce que je veux, c'est qu'il ne vous arrive rien, les enfants. C'est pour ça que je me tue à vous répéter les règles de cette maison : ranger vos chambres, travailler dur pour réussir au lycée, vous tenir à carreau dehors. Il y a trop d'horreurs autour de nous. Trop de gens qui perdent la tête, qui attrapent les mômes et les descendent d'une balle dans le dos. Je n'ose même pas imaginer ce que je deviendrais s'il vous arrivait malheur.

Cette fois-ci, Tyler a les boules. Moi aussi.

— Pardon, Mama.

— Remets ton assiette au micro-ondes, ton dîner est froid.

Mama souffle un nuage de fumée presque parfait vers le plafond. Y a un truc que j'ai appris depuis que ma mère nous a mis au monde, c'est que je ne la saisirai jamais vraiment. Il n'y a que les cigarettes qui la comprennent.

Après le dîner, je vais trouver Tyler dans sa chambre. Il est assis sur son lit, les yeux éteints, l'air exténué. Je m'installe près de lui et regarde sa planque comme si je découvrais *Le merveilleux magasin de M. Magorium*, un film qu'on aimait bien. La plus belle réussite de Tyler, c'est son mur entièrement décoré de posters et de cartes postales.

— Je te préviens, c'est la dernière fois que je mens pour te couvrir. Arrête de traîner avec Johntae, s'il te plaît. Fais-le pour Mama. Et pour moi… T'as entendu ce qu'elle a dit.

— C'est pas si simple, lâche-t-il.

— Pourquoi donc ? Raconte alors.

— Y a rien à raconter.

Tyler a des cernes sous les yeux. Incroyable, on dirait qu'il pleure. Oui, même s'il essaye de le cacher, il pleure. On reste un moment en silence. Je ne sais pas à quoi il pense, mais moi je sais que mon frangin est en train de m'échapper, de s'éloigner. Je fais une tentative désespérée pour le ramener :

— Tu te souviens des compils que t'enregistrais ?

— Ouais ! Elles sont quelque part dans le foutoir ! Au fond d'une boîte. Toute façon, personne n'en voudra jamais.

— Pas vrai, mec. T'étais un bon batteur. Tu les écoutais tout le temps avant, tu te souviens ?

— Bien sûr que oui. Je voulais même les vendre et devenir Biggie. Ça m'arrive encore d'y croire... C'est grâce à FruityLoop et Garage Band que j'ai réussi à supporter le collège et la première année au bahut.

— C'était pas ton truc, le collège !

— Les pires années de ma vie, ouais. Heureusement que j'avais la batterie. Ça me mettait le feu au corps, j'aurais pu devenir le nouveau Dr Dre ou un mec comme lui... Ah là là, mes enregistrements !

Il m'envoie un coup de coude dans les côtes en souriant. Puis le silence retombe entre nous. Son odeur m'agresse soudain les narines.

— Tyler, tu pues. Prends une douche.

Il se colle le nez sur l'aisselle et renifle bruyamment.

— Beurk ! Je pensais pas que c'était à ce point !

— Tu fumes, maintenant ?

— Nan, pas moi. Les autres.

Il retire son polo et le jette en boule à l'autre bout de la chambre en visant le panier à linge sale.

— Moi non plus, je n'ai pas envie de te perdre, Tyler.

C'est sorti tout seul. Tyler me dévisage, stupéfait.

— Mais non. Je serai toujours là pour toi et pour Mama. Jamais personne m'empêchera d'être avec vous deux.

J'ai l'impression que la terre se remet à tourner rond.

— Désolé, vieux, ajoute-t-il. Je t'ai dit des trucs pas sympas cet aprèm.

— C'est bon… Ty, le monde a peut-être choisi une prophétie pour toi, mais y a d'autres façons de la réaliser qu'en passant par Johntae et sa bande.

Il farfouille dans son tiroir à la recherche de vêtements propres.

— Personne ne me mettra le grappin dessus, répète-t-il encore pour me rassurer.

Je me lève pour partir.

— Hé, Marvin, je le dis pas souvent, mais je t'aime, frangin.

Pour la première fois depuis longtemps, mes poumons s'emplissent d'un air plus pur, plus tranquille.

7

Même si la bile me remonte dans le gorge chaque fois que je pense à la soirée de Johntae, j'envoie un texto à Ivy et G-mo pour les prévenir : j'irai uniquement pour espionner mon frère jumeau. Comme aucun de nous trois ne conduit, on se donne rendez-vous chez moi. On part à vélo vers la mystérieuse adresse envoyée par Johntae à Tyler, sous le ciel bleu. J'ai les burnes en compote à force de pédaler sur ma selle déglinguée.

Une paire de couilles en chou-fleur et vingt minutes plus tard, on arrive devant un entrepôt en briques qui abritait autrefois le marché aux puces. Je crois bien que ça s'appelait la Chiffonnerie... Oui, c'est même un vieil ami de Mama qui le tenait, mais ça a fermé à cause des cafards et des vols. Je pensais que le bâtiment avait été abandonné ou qu'il servait aux sans-abris de Sterling Point. L'extérieur a été rénové, j'imagine que c'est pareil à l'intérieur. Faut croire que les dealers de drogue ont les moyens.

On fait la queue pour entrer, comme si tout Sojo High était invité et que chaque lycéen avait encore ramené du renfort. Il y a des chicanes, un videur et des gardes de chaque côté du tapis rouge. C'est délirant, un dealer qui s'offre des services de sécurité, c'est du jamais vu. Pire : quel genre de videur et de garde-chiourme accepte de bosser pour un dealer ?

G-mo me répète qu'on s'en fout. Lui se frotte les mains comme s'il était sûr de bien bouffer. Il a mis sa casquette vert-marijuana à l'envers pour avoir l'air encore plus branché.

— Ouais, on s'en tape, dit Ivy. Moi, tout ce que je veux, c'est me trouver un joli petit cul à croquer.

Elle s'est maquillée les yeux avec du doré et porte un pantalon disco noir, moulant, un haut blanc et une veste en jeans. Moi, j'ai mis mon sweat Biggie. À nous trois on a vraiment l'air d'un groupe pop.

G-mo et Ivy se frappent la main droite et se tapent dans le dos, parce qu'ils viennent de sceller un pacte : 1) ils repartiront avec une nana 2) en ayant perdu leur virginité. Je soupire.

— Qu'est-ce qui ne va pas ? me demande Ivy.

— Rien, répond G-mo à ma place. Marvin a besoin de baiser.

Et il éclate de rire comme s'il venait de sortir la blague du siècle, mais pas Ivy.

J'aperçois Tyler se diriger vers une porte de côté, il est avec deux types de la bande de Johntae. Mon angoisse monte d'un cran, ma chair de poule aussi. J'ai peur de voir un truc désagréable, peur de découvrir la vérité. L'image de Tyler en train de dealer avec Johntae devant Sojo High me hante. Tyler va finir comme Papa, en taule jusqu'à la fin de sa vie. Je suis empêtré dans un voile de deuil tissé par l'absence de mon père et la lente disparition de mon frère. Mais je dois sortir de cet état brumeux pour garder un œil sur Tyler.

— Tu t'inquiètes pour lui, constate Ivy, toujours intuitive.

— Oui… Beaucoup.

— Faut pas, Marvin. Ça montre surtout que tu as du cœur. Et que ton frère a de la chance de t'avoir, parce que t'es toujours là pour lui.

Je lui souris pour la remercier. Le ciel est toujours bleu, c'est bon signe.

L'intérieur est encore mieux que je l'imaginais. Après une longue entrée comme un tunnel, on débouche dans la salle de réception. Des spots de couleurs illuminent le plafond. La musique hurle. Les gens dansent, non, ils se pressent les uns contre les autres. Une forte odeur de sueur et d'herbe imbibe l'air.

Une fille s'avance vers moi. Grande, cheveux afro libérés sur les épaules, chemise et pantalon à impression léopard, des paillettes sur les yeux. Elle est canon. De plus près, je remarque son collier de lettres qui forment le nom FAITH.

J'ai des frissons quand elle me frôle. Je la dévore des yeux, j'imprime chaque détail de sa personne dans mon cerveau. Elle me fait un clin d'œil. Je vais tomber raide mort à cause de la plus forte érection du monde entier, puis j'essaye de me souvenir pourquoi je suis là.

Pas pour les filles. Pas pour les filles, couillon.

Je me couvre l'entrejambe avec les mains en la regardant s'éloigner, j'ai l'impression que la terre tourne de moins en moins vite.

— Bon Dieu de gay, siffle Ivy en la matant aussi.

La chevelure de notre déesse s'irise de paillettes sous la lumière changeante. G-mo la reluque de haut en bas, je lui file un coup de poing, il lâche l'affaire.

Au même moment, quelque chose me pousse à regarder derrière moi. La scène que je découvre alors rince les derniers frissons qui me secouaient encore : à l'autre bout de la salle, Johntae a alpagué Tyler et le bloque contre le mur. Aucun de ses sbires ne lève le petit doigt, ils observent mon frère qui étouffe, étranglé.

Je détale en hurlant :

— Lâche-le ! Putain, lâche-le, je te dis !

Mes cordes vocales se déchirent à moitié, une veine explose dans ma tête, mais Johntae m'entend, il relâche Tyler brusquement. Mon frère s'écroule sur le sol, tousse, crache, aspire l'air à grandes goulées en se massant le cou.

— Qu'est-ce qu'y a, le jumeau ? me demande Johntae, l'air bonhomme.

Le mec fait des civilités alors qu'il vient juste d'étrangler mon frère.

— Tyler ? Ça va ? je demande en me précipitant.

— Oui, oui, c'est bon, laisse-moi.

Il s'appuie au mur pour se relever. Ses yeux sont vides, sombres. Du déjà-vu. Tyler et Johntae se jaugent en silence, façon cow-boys dans un vieux western, les films que Mama adore regarder, avec des cactus et des saloons.

— Tu me fatigues avec tes petits jeux, gronde Johntae à Tyler.

— Quels jeux ?

— Joue pas au con, tu sais très bien. Loyauté avant tout, je te l'ai déjà dit. Recommence pas, pigé ?

Même s'il joue les durs, mon frère pète de trouille.

— Putain, moi aussi je te l'ai déjà dit, mec, c'est pas moi. J'suis pas une balance, répond Tyler.

— La prochaine fois, je serre, t'y passe. N'oublie pas que c'est moi qui décide.

Tyler me lance un dernier regard puis s'éloigne en direction de la masse remuante et dansante.

— Allez le jumeau, va faire mumuse, c'est ma soirée, dit Johntae en me soufflant son haleine à la figure.

Il a le sourire jusqu'aux oreilles. Je rejoins Ivy et G-mo qui m'attendaient un peu plus loin. On fend la foule. Les gens sont comme des poissons dorés, des électrons chargés d'électricité qui nagent en rond dans un énorme aquarium. Ils glissent, se frottent les uns contre les autres à chaque mouvement. La musique passe de Drack à A$AP Rocky.

Pas de Tyler.

Je frôle des corps en sueur. Le tapis est jonché de mégots, de cadavres de bouteilles et de gobelets en carton. Des cris résonnent, se rapprochent comme une vague.

Avec le martèlement, le raclement des pieds, j'ai l'impression qu'un mini-tremblement de terre agite les murs. Mon estomac n'en finit pas de tressauter au rythme de la musique assourdissante.

Je suis tétanisé. Faut que je me fraye un chemin à travers la débandade humaine qui se rue sur moi. Les spots s'éteignent soudain, tout est noir, les loupiotes de secours surgissent, des sirènes retentissent.

Ivy m'attrape le bras. G-mo s'agrippe au sien. On essaye de ne pas se perdre.

Coups de feu. *Bang ! Bang !*

Des cris. Des cris. DES CRIS.

Bordel, qu'est-ce qui se passe ?

Je tire sur la main d'Ivy pour l'obliger à s'accroupir et avancer à couvert. D'autres coups de feu retentissent. Mon instinct me hurle de dégager à toute vitesse. Je n'aurais jamais dû venir.

Ça tourne, c'est flou, je vais tomber dans les pommes, ça court vers les sorties de secours.

— Je dois trouver Tyler ! je hurle au milieu des cris.

Ivy et G-mo s'époumonent à leur tour pour me dire de ne pas y aller, mais il le faut. Je repars à contresens au milieu des corps moites, trébuchant sur les débris, priant pour ne pas me retrouver sur la trajectoire d'une balle. Je respire à peine. Je ne vois pas Tyler. Nulle part. Je renonce et fais demi-tour. *Peut-être que Tyler est déjà sorti. Peut-être qu'il est déjà sain et sauf.*

Bang ! Bang ! Voilà ce que j'entends. Puis un crac.

Bang ! Bang !

Le champ de bataille qui était en moi en arrivant ici est en train de devenir réel. Je cours, je m'abrite sous une table. Dans ma tête, j'ai à nouveau six ans et j'entends ma première fusillade.

Je rampe vers l'extérieur. G-mo et Ivy sont là et m'aident à me relever. J'aspire l'air frais, je scanne les visages à la recherche de Tyler.

Merde, Tyler, t'es où ?

Les sirènes de police mugissent, encore des cris, des pétarades dans mon cerveau bloqué. On court, on enfourche nos vélos, on file à travers les bois pour rentrer chez moi.

À la maison, pas de Tyler. On vérifie la cuisine, le salon, les chambres, même la salle de bains. Mama n'est pas là non plus. Je sors mon téléphone (celui qu'on partage à deux, avec Tyler) et découvre sa tonne d'appels manqués et ses textos nous disant qu'elle sort boire un verre avec un ami, qu'on doit faire attention, qu'elle nous aime très fort. Je crois que ma mère a un petit copain.

Soudain, ça me frappe : je ne peux même pas joindre mon frère parce que c'est moi qui ai le téléphone. J'appelle Johntae, il ne décroche pas. Mon cœur est sourdingue, ses battements refusent de se calmer. J'ai l'impression d'être enfermé, ma peau brûle. Le dernier regard de Tyler, celui qu'il m'a lancé avant de partir, me hante. C'est le vide. Il faut que je hurle.

— Meeeeeeeeeerde !

Je tourne en rond dans le salon. G-mo et Ivy attendent leurs parents, assis sur le canapé, horrifiés, au bord des larmes.

— Qu'est-ce qui s'est passé, putain, qu'est-ce qui s'est passé ? ressasse G-mo, recroquevillé comme pour être certain qu'il est entier.

Je m'arrête, j'inspire à fond pour la première fois. Mon corps tremble, un frissonnement glacial me parcourt de la tête aux pieds.

— T'es où, Tyler ?

Je m'adresse à la porte. J'attends qu'il entre d'une minute à l'autre. Ivy se lève, roule ses bas de pantalon, puis répond :

— Il va bien. Il a sûrement quitté la soirée après ce que lui a fait Johntae.

— Ouais, quel enfant de salaud, ajoute G-mo.

Je déglutis. Je déglutis encore, mais les larmes sortent quand même, parce que ça ne va pas du tout. Je m'en fiche si c'est la honte de pleurer devant G-mo et Ivy. Je ne me cache pas.

Mon portable vibre. Je l'attrape à la vitesse de l'éclair en espérant que c'est Tyler et qu'il est sauvé.

Non, c'est Mama. J'hésite à répondre. Elle raccroche avant que je décide. Les parents d'Ivy et G-mo arrivent enfin. Je reste seul dans le salon que j'arpente à nouveau. Qu'est-ce que je dois faire ?

Mama rentre. Elle est encore en blouse d'hôpital à motifs d'oiseaux avec un bandeau rose dans les cheveux.

Elle a bu plusieurs bières, je le sens d'ici. Je connais son air quand elle a bu.

— Où est ton frère ?

Je ne sais pas. Je ne peux pas répondre ça, mais je peux mentir.

— Chez un pote.

— Lequel ? Ne mens pas, Marvin !

— Quelqu'un du lycée. Pour préparer un exposé. Il a dit qu'il rentrerait demain matin.

Même moi, j'y crois presque. Mama fronce d'abord les sourcils, agacée, puis se détend en s'allumant une cigarette.

— Il a le téléphone au moins ?

— Non, c'est moi.

— Rien dans le crâne, réplique vertement Mama. Il a intérêt à être ici demain matin.

Je l'espère autant qu'elle.

Je regagne ma chambre. Elle est sombre et froide parce que j'ai laissé la fenêtre ouverte. J'appelle Ivy puis G-mo. Personne ne décroche.

Je fixe le plafond. Je n'ai aucune idée de l'endroit où est mon débile de frangin. Je croise les doigts et je prie, non, je supplie le Seigneur de veiller sur Tyler, où qu'il soit, qu'il reste sain et sauf, qu'il nous revienne entier demain matin.

Mes paupières s'alourdissent, je lutte contre le sommeil, je me rejoue la conversation avec Tyler, les cris, les coups de feu. Je ne dois pas dormir, je ne le mérite pas, je garde les yeux fixés sur mon réveil, je me déteste un peu plus à chaque heure qui passe, j'attends mon frère.

8

Le soleil me gifle la figure, j'ai les yeux bouffis de sommeil, je ne me souviens plus si je les ai fermés plus de dix minutes. Ils sont douloureux, j'ai mal quand je cligne.

Ça me demande un effort surhumain pour remuer et penser, mais je fais de mon mieux pour repousser l'empilement de draps et de couverture. À croire que Mama est venue m'emballer dedans.

Je vais voir dans la chambre de Tyler, il n'est pas là. Mama dort encore. Je retourne dans la mienne avec l'impression qu'on m'étouffe. Ivy appelle.

— Allô ?

— Salut Marvin, G-mo est là, on est à trois.

— Pourquoi vous n'avez pas répondu hier soir ?

— Plus de batterie, répond Ivy. Ça prend des heures pour charger mon tél.

G-mo ne se donne même pas la peine de répondre à ma question, il enchaîne directement :

— On est officiellement des délinquants en fuite, je ne survivrai pas à la prison. Vous non plus mais surtout moi.

— Non. On n'a rien fait, je lui dis.

Quatre petites filles jouent à la marelle dans la rue. M. Jennings, le voisin d'en face, ramasse des détritus abandonnés devant chez lui.

— Si. Pour les flics on est complices. Ils ont commencé à arrêter des gens qui étaient là-bas hier soir.

— On n'ira pas en prison, j'insiste.

— Y a du neuf pour Tyler ? demande Ivy.

Ça reste coincé au fond de ma gorge.

— Marvin ?

— Tyler… a disparu.

— Comment ça, disparu ?

— Il n'est pas rentré, il a disparu, je ne sais pas où.

Silence sur la ligne.

— Je ne sais pas quoi faire.

— Tu crois qu'il a été arrêté ? Les flics en ont arrêté ! s'exclame Ivy.

Je leur raccroche au nez.

Qu'est-ce qui s'est passé ? Est-ce que Tyler s'est fait coffrer ? Ou pire – j'ai presque un arrêt cardiaque à cette idée – il a été fauché par une balle ?

Non, si moi je suis vivant et que mes potes sont vivants, Tyler l'est aussi.

J'enfile un jogging et un T-shirt blanc. Une double odeur de tartines brûlées et de cigarettes flotte jusqu'à moi, ce qui signifie que Mama est levée et qu'elle nous attend dans la cuisine. Elle est sûrement persuadée qu'il est rentré. Je me demande comment elle réagira quand elle constatera son absence.

Je prends mon courage à deux mains et je la rejoins. « Bonjour », je marmonne. Elle a le dos tourné, les bigoudis sur la tête, et fume déjà une cigarette.

Des bagels chauffent dans le grille-pain. Sur la table, un verre à liqueur, une bouteille de whiskey, le beurrier et un paquet de céréales. Des Cap'n Crunch, les préférées de Papa. Quelque chose la turlupine. Elle n'a jamais racheté de Cap'n Crunch depuis son départ.

Mama est trop silencieuse, elle pense à Papa. Au moins, elle ne pense pas à Tyler. Inutile qu'on soit deux à s'inquiéter.

J'ai le portable à la main. Il pourrait appeler d'un instant à l'autre avec celui d'un pote. Mieux encore : il pourrait entrer dans la cuisine.

Après le petit déj, on regarde les infos, affalés dans le vieux divan tout défoncé. L'image est neigeuse et vacillante parce que le signal est faible, comme dans une maison du ghetto.

La présentatrice est blanche avec des cheveux blancs et raides. « En direct de Sterling Point, encore une tragédie, commence-t-elle d'une voix neutre, calme, agréable. Je me trouve actuellement devant l'ancien marché aux puces où s'est tenu hier soir une fête entre jeunes qui s'est terminée par des tirs. On déplore deux morts et trois blessés graves. »

La caméra zoome sur l'intérieur du bâtiment, je cherche le mur où Tyler a failli être étranglé. Des policiers munis de gants examinent ce qu'ils trouvent, à la recherche d'ADN. Puis, l'image se fixe sur des ambulances devant l'entrée. Deux sacs bleus contenant des corps sont transportés sous nos yeux.

La journaliste réapparaît à l'écran, cadrée de près, comme si c'était un film.

« Une source informée a annoncé que Johntae Ray Smith, dix-huit ans, chef de bande, et deux autres suspects, ont été arrêtés hier soir. »

Mama change de chaîne, reste sur un feuilleton durant quelques minutes, puis éteint la télé. Elle se rend compte de mon état de choc, statufié, le regard fixé sur l'écran noir. Ça tourne en boucle dans ma tête. Johntae et deux jeunes arrêtés. Je suis bloqué là-dessus.

Tyler est en taule. Tyler est en taule. Tyler s'est fait coffrer, il est en taule. Pensée au goût amer. Je suis hérissé de partout. Je vais m'autodétruire comme une grenade parce que je ne suis pas mort hier soir, c'est ce que je viens d'entendre qui va me tuer. Mama va me tuer quand elle saura qu'on est allés à cette fête, et maintenant Tyler est en taule… ou pire.

Deux morts.

Mes yeux suivent le motif à fleurs rouges du sofa avec des trous. On toque à la porte, de grands coups, des coups de barre métallique. Mama se raidit, moi aussi.

Elle me regarde. Ses yeux sont froids, sans réconfort, comme si aller ouvrir la porte était aussi fatal que se rendre à la fête d'un dealer de drogue. Elle se lève, jette un coup d'œil dans le judas, puis ouvre de quelques centimètres. La lumière du jour fait briller ses pieds nus. Elle ouvre grand, deux inspecteurs blancs sont là, la mine agressive. Le premier est mince avec des cheveux blonds, l'autre est chauve et bedonnant. Qu'ils soient là, ensemble, veut dire que les nouvelles sont mauvaises.

— Inspecteur Bills. Est-ce que Tyler Johnson habite ici ? demande celui de droite, en sortant son badge.

Immense soulagement. Si les flics le recherchent, c'est que Tyler n'est pas en taule. Du coup, il est où ?

— Oui, c'est mon fils. Pourquoi ?

Je me démanche le cou pour lire la carte du second. Inspecteur Parker.

— Vous êtes Tyler Johnson ? me demande l'inspecteur Bills comme s'il venait de me prendre la main dans le sac.

— Je suis son jumeau.

— Son jumeau ?

— Oui. Il est né avant moi, pas longtemps, juste dix minutes.

— Votre nom, c'est quoi ? m'interroge l'inspecteur Parker, le visage soudain pincé par les années de stress à loucher sur des garçons comme moi.

— Marvin.

— Ah. Marvin. Tu connais Johntae Ray Smith ?

Il rajuste sa cravate. Mama me dévisage, le choc ravage soudain son visage comme une rivière après l'orage. Mes tempes martèlent, mon pouls s'accélère toujours plus fort, plus lourd, plus rapide. Mes oreilles bourdonnent.

— Non. Désolé.

Les deux officiers paraissent déçus.

— Qu'est-ce qui se passe ? demande Mama.

— Vous avez suivi les infos, madame ?

Elle me regarde, puis les regarde.

— Oui.

— Appelez-nous quand votre fils rentrera à la maison.

Mama essaye de dominer sa panique, dominer sa respiration, comme si elle venait de courir le marathon.

— Pourquoi exactement ?

— Un indic a laissé entendre que votre fils serait impliqué dans les événements de la Chiffonnerie.

— Impossible. Il était chez un copain pour travailler son exposé. C'est une fausse accusation. Un mensonge.

— Tous ceux qui étaient là hier soir sont potentiellement coupables. Appelez-nous dès qu'il reviendra.

Le blond lui tend une carte, et ils s'en vont. Ils retournent d'où ils viennent. Peut-être du sommet d'une montagne au-dessus de Sterling Point, où ils s'assoient pour surveiller la ville, prendre des notes, ficher les garçons et les filles coincés dans le ghetto, en attendant qu'ils sortent pour les descendre.

Ça ne ressemble pas à Tyler de disparaître. C'est vrai qu'il est insaisissable et qu'on n'a pas été proches ces derniers temps, mais je sais qu'il ne le ferait jamais. Je voudrais hurler. À la place, je ravale mes cris et mes larmes. Je peux édulcorer, enjoliver mes pensées pour essayer d'aller mieux, mais rien ne sera suffisamment fort si mon frère a disparu.

Mama reste plantée devant la porte grande ouverte, puis elle la claque et se tourne vers moi, la fureur, la terreur exsude par tous ses pores.

— Il est mort. Va le chercher, ramène-le. Je vais le battre jusqu'au sang, il pourra plus jamais s'asseoir.

Je voudrais pouvoir lui dire *du calme, il est innocent jusqu'à preuve du contraire*, mais rien ne sort.

La culpabilité descend sur moi, m'enveloppe comme un préservatif géant sans ouverture pour la parole. Je m'en vais pour enfiler un pantalon et m'arrête devant sa chambre. Son dessus de lit est par terre, sa fenêtre ouverte grince. Une rangée de Gatorade à moitié vides est alignée sur le rebord. La brise qui pénètre me caresse le visage, la panique fait bouillonner mes veines.

Deux morts et trois blessés graves. Seigneur Jésus, pas mon frère. Mieux vaut la prison que l'hôpital ou la morgue. Je n'arrive pas à me calmer. Tyler a disparu. Tyler a disparu.

Putain, Tyler a disparu.

9

Je prends mon courage à deux mains, j'envoie un texto à Ivy et G-mo. Rendez-vous au parc. Leurs réponses arrivent par retour : OK.

En fait, le parc n'est rien de plus qu'un bac à sable clôturé et un panier de basket, près de Sojo High. Il y a une supérette bien pratique juste en face. Les employés font aussi leur pause cigarette au parc. Il a connu ses heures glorieuses : c'est ici qu'Ivy a été conçue et qu'un artiste renommé s'est suicidé, et bien sûr, c'est notre repaire à nous.

En pédalant, je pense à la dernière lettre de Papa parce qu'il est essentiel que je ne craque pas. Le vent me pousse, j'avance plus vite sur le trottoir défoncé. Le soleil me cuit les épaules, mon T-shirt me colle à la peau comme du papier mâché.

Date : 23 septembre 2018
Destinataire : Marvin D. Johnson (mon fils)
De : Jamal P. Johnson

Numéro d'écrou : 2076-14-5555
Message : Hello fiston,

T'as déjà eu l'impression d'être un superhéros ? Oui forcément. Moi aussi : je sais maintenant ce que ça fait d'être Superman. Ce qui craint, c'est que les gens penseront toujours que t'es un méchant, le bad guy du film, alors que toi tu te prends pour un héros. Je parie que t'aimerais être un superhéros supercool. Tu choisirais lequel ? Black Batman ? Alors je serais Black Robin, on formerait l'équipe des vilains Noirs héroïques qui conquièrent le monde.

Je comprends pourquoi ils nous prennent nos lacets, les ceintures, toutes nos affaires quand on arrive ici. Je croyais que c'était pour montrer leur emprise, pour nous enlever toute dignité. Mais non. C'est pour éviter qu'on se suicide avec, peu importe que ce soit mal ou que toi, tu te sentes mal. T'obliger à vivre fait partie de la sentence.

C'est drôle et triste d'écrire ça, mais en salle d'audience, je me sens libre, pourtant je ne le suis pas. J'ai l'impression que les avocats et le juge font leur boulot, un boulot qui me concerne, mais je ne me sens pas concerné. C'est seulement quand ils me ramènent en cellule qu'on me rappelle que je suis coupable, que je suis mauvais.

J'oublie beaucoup de choses en ce moment. Je ne sais même plus si je te l'ai dit, ils m'ont attribué un nouvel avocat. Une Blanche. Elle est bien. Avec elle, j'ai l'impression de redevenir une personne, quelqu'un qui pourrait être un héros ou un vilain. À moi de choisir. C'est bien parce que je veux me sentir comme une vraie personne, une bonne personne. Ce que je suis.

Je te serre très fort, fiston,

Ton Papa

J'ai la tête vide quand j'arrive au parc, presque le vertige. Je descends de vélo et le jette contre un banc rouillé. Quelques minutes plus tard, G-mo et Ivy arrivent, lui à vélo, elle sur son skate, à bout de souffle, dégoulinants sous le soleil qui tape. Ils ont le même air de honte, de culpabilité et d'angoisse que moi.

Ils balancent leur monture contre le même banc, me bombardent de questions, les larmes aux yeux. J'ai de plus en plus de mal à respirer.

— T'es sûr qu'il a disparu ? demande G-mo.

— T'appelles ça comment ? je réponds.

— Gros naze, dit Ivy en bousculant G-mo. Disparu, ça veut dire, disparu.

— Faut qu'on le cherche, je dis.

— On va où en premier ? répond Ivy.

— À la Chiffonnerie.

On file aussi vite que possible. Pendant le trajet, j'ai l'impression qu'une vigne tentaculaire s'entortille à l'intérieur de moi pour m'étouffer.

Un long ruban jaune encercle la Chiffonnerie. Il y a des éclats de verre sur le sol, des impacts de balles dans les carreaux, on dirait un graffiti comme on en voit en ville.

Des gens vont et viennent dans la zone comme si tout était normal.

— On entre, je lance en surveillant les flics du coin de l'œil.

— T'es barge ou quoi ? On n'a pas le droit, c'est illégal, murmure G-mo.

— Illégal !

Mon frère a disparu et il me parle de légalité ?

— Marvin ! C'est une scène de crime.

— OK. Tu restes ici pour surveiller, j'y vais avec Ivy.

Elle fait taire G-mo d'un regard tranchant et me suit. On se glisse sous le ruban. Les éclats de verre puis les planches de bois crissent sous nos pas. L'intérieur est exactement comme je l'imaginais : une tornade est passée par là. Les tables sont renversées, sur le sol, une quantité de gobelets, de cannettes, et même quelques chaussures esseulées. J'avance en prenant garde de ne rien toucher pour ne pas laisser mes empreintes sur quoi que ce soit. Mon cœur tambourine.

La seule lumière qui éclaire ce désastre pénètre par des interstices dans les murs. Je me dirige vers l'endroit où Johntae étranglait Tyler. Je passe presque le bout de mes doigts glacés sur la peinture bleue. Un peu plus, et je l'effleurerais.

— Rien ici, je murmure.

Le stress de la veille resurgit. Mes mains tremblent. Je me concentre pour étouffer le feu qui m'embrase. J'attendais quoi, des fantômes ? Des corps ? Un Tyler blessé, bras en croix, attendant que je le sauve ? Non, l'entrepôt est vide.

— On va le retrouver, Marvin, me dit doucement Ivy. Il est forcément quelque part.

Son sourire se veut rassurant, mais rien ne calmera mes nerfs. Je déglutis, je cligne des yeux pour les empêcher de se voiler parce qu'on revient bredouilles auprès de G-mo. Je voudrais croire Ivy, sauf qu'un truc ne tourne pas rond.

On repart. En chemin, on s'arrête dans tous les endroits que Tyler aime bien, on vérifie même les allées, le terrain de basket et les coins où je l'ai vu traîner. Aucune trace de Tyler. On avance en file indienne sur le trottoir étroit.

— On pourrait faire une pause chez G-mo ? Marvin, il va revenir, ajoute Ivy, pouce levé.

Son plan me va. Dix minutes plus tard, c'est une grande bouffée d'épices qui m'accueille. L'appartement est vide, presque sans vie, malgré les étagères surchargées de théières à drapeaux colombiens et de vierges.

On s'installe dans la chambre de G-mo. J'ignore comment on va tuer les deux prochaines heures. Du coup, je m'écroule sur son lit qui sent les Cheetos et l'eau de Cologne. J'explose : « Putain de bordel de merde ». Je suis cuit.

Un jour, on était en primaire, Tyler et moi, mon père a pété les plombs. Il nous a tapés avec un manche à balai parce qu'on lui avait répondu. Mais j'avoue que je ne me suis jamais senti, dedans et dehors, aussi meurtri qu'aujourd'hui.

G-mo met un épisode de *Campus Show*, celui où un ouragan dévaste le campus, ce qui oblige Ron et Freddie à rester calfeutrés un long moment, et où ils confrontent leurs différences. Eh bien, l'ouragan s'est abattu sur moi, et j'aimerais qu'à la place de mes héros, ce soient Tyler et moi.

On devrait continuer de chercher Tyler, attendre ici ne sert à rien.

Je suis brisé, broyé, cassé de l'intérieur. Ni la musique ni ma série ne peuvent m'aider. Ce sont à peine des pansements.

Soudain, mon portable sonne. La sonnerie des numéros inconnus.

— Un appel ! je hurle en bondissant du lit comme un poisson pressé de retourner à l'eau.

Tyler ?

— C'est qui ? demandent Ivy et G-mo.

Je réponds et j'appuie sur le haut-parleur pour eux.

— Allô ?

Ma voix tremble. Quelqu'un tousse à l'autre bout du fil.

— Saluuuut, Marvin ! Ici ton pote Johntae.

Il est dingue ou quoi ?

— Johntae ?

— Ouais, mec. La forme ?

— Non, je suis au fond du trou.

— Sors ta pioche, Marv'.

— Garde ton humour à deux balles. T'es où ? En taule ?

— Du calme, petit, t'as pissé dans ton froc ou quoi ? La taule, c'est le paradis à côté de ce que j'ai connu. Et c'est plus facile de survivre ici que dans la rue.

— T'es givré, Johntae.

— Autant que toi, mec.

— Tyler a disparu, t'entends ?

— Disparu ? J'suis pas au courant. J'appelle justement pour savoir si ton frangin t'a laissé des cornflakes pour moi. C'est tout.

— Putain, mais qu'est-ce que tu racontes ? Tyler a disparu, tu piges ? DISPARU. Alors je crois plutôt que ça te concerne. Où est mon frère ?

Johntae éclate de rire, son rire de hyène.

— Je croyais que t'étais de mon côté, ducon. C'est pas bon pour toi, tu piges ?

— Johntae, je suis très sérieux. Mon frère a vraiment disparu. On est retournés à la Chiffonnerie. La zone est interdite par les flics.

— P'têt que quelqu'un l'a soulagé.

— Soulagé ? Mais de quoi ?

— D'une balle dans la tête, répond Johntae d'une voix soudain très sérieuse.

Cette possibilité me frappe. Mon cœur se dérègle.

NON. NON. NON.

PUTAIN DE NON.

PAS POSSIBLE CE N'EST PAS ARRIVÉ.

Les pensées qui se bousculent dans mon cerveau m'étranglent la gorge, je ne parviens plus à respirer, j'ai les poumons à plat. Je serre si fort le téléphone que j'entends la coque craquer. Johntae réagit à mon silence.

— Tu chiales maintenant ? Ça sert à rien, petit, c'est pas moi qui te consolerai.

Je ne réponds pas, j'en suis incapable, c'est devenu physiquement impossible d'articuler un mot.

— Écoute-moi Marvin, je t'ai appelé parce que je sais que tu comprendras et que tu feras tout pour retrouver ton frère.

— Oui ?

— J'ai besoin de toi, articule lentement Johntae. J'ai une caution de mille dollars à payer. Si tu m'aides à sortir, je t'aide à trouver ton frangin.

— OK.

OK sans hésiter. Je n'ai pas un radis, mais je m'en fiche, je ferai n'importe quoi pour sauver Tyler.

— Va au 108, Sycamore Lane, c'est là qu'habite ma meuf. Faith. Elle t'aidera pour la caution.

Je suis en petits morceaux quand je raccroche. Des jumeaux, c'est comme des synonymes qui se connaissent de A à Z, comme la lune qui complète les étoiles, comme un ensemble infini d'éléments qui a découvert le monde au même instant, qui a expérimenté sa souffrance, son oppression. Mon monde n'en finit pas d'exploser, comme si le temps repartait en arrière, comme si les images flashaient en noir, blanc, brouillées, puis claires.

Je n'arrive pas à croire que Tyler ait choisi de suivre Johntae et sa bande. Mama dit toujours qu'un homme fort n'est pas pareil qu'un homme bon : l'homme bon est difficile à trouver parce que les forts tournent mal. Les hommes bons forgent leur propre chemin, ils ne suivent jamais les autres. Je me demande où Tyler se situe sur cette échelle d'hommes.

En voyant Tyler avec Johntae, l'autre jour, je n'avais qu'une envie : me voiler la face, concentrer mon attention ailleurs. C'était du pur égoïsme. Peut-être que Tyler a disparu à cause de moi, et que je mérite cette angoisse qui me bouffe.

Ivy et G-mo me fixent.

— Je sais où se trouve Sycomore Lane, dit Ivy.

C'est parti.

Devant le 108, un paillasson marqué « Bienvenue, sauf les ennuis ». Je frappe à la porte fatiguée. Ivy et G-mo sont restés sur le trottoir, ils me regardent avec des mines inquiètes. J'attends. Tout ce qui tourne dans ma tête, c'est que Tyler a disparu et que je dois rassembler la caution d'un dealer de drogue pour l'aider à sortir de prison.

La porte s'entrouvre, un visage apparaît. Faith, la fille de la soirée. Ses cheveux sont rassemblés en une grosse tresse. Elle sent merveilleusement bon. Une simple bouffée d'elle, et voilà que j'en perds mes mots.

— Oui ? Tu veux quoi ?

Je croise ses yeux sombres, couleur terre de Sienne, terre d'ombre.

Tyler, Tyler, Tyler. Son nom résonne dans ma tête.

— Tu… Tu connais Johntae ?

Putain, je bégaye et je viens de lui poser la question la plus crétine du monde. Bien sûr qu'elle le connaît. Son sourire s'efface, son regard se durcit.

— Pourquoi ?

— Johntae m'envoie pour, euh… récupérer l'argent de sa caution.

— Tu diras à ce connard d'aller se faire foutre, OK?

Et elle me claque la porte au nez. Je lance un regard piteux à Ivy et G-mo. Ils haussent les épaules. Je toque à nouveau en prenant une grande inspiration. Faith rouvre.

— Tyler Johnson, tu l'as vu ? j'articule lentement pour ne pas buter sur mes mots.

— Connais pas.

— C'est mon frère jumeau, il a disparu. J'ai besoin de ton aide. S'il te plaît. Il était à la soirée, tu l'as forcément vu.

— Je te dis que je ne le connais pas. Et je ne sais pas où il est.

— Johntae sait plein de trucs sur Sterling Point, sur des planques, mais Tyler n'en a jamais parlé… S'il te plaît, Faith.

Je ne dois pas pleurer.

Son visage se radoucit, elle comprend mon désespoir et ouvre sa porte en grand.

— Pourquoi t'es venu ici ?

Son haleine sent l'ananas.

— Je dois ramener la caution de Johntae, après il me dira où est mon frère. Mais j'ai pas un rond.

J'attends qu'elle parle, qu'elle me réponde, n'importe quoi. Le sang bat dans mes oreilles. Elle voudrait m'aider, je le vois dans ses yeux, mais tout ce qu'elle dit, c'est : « Désolée, je peux pas », et elle referme sa porte.

La débâcle. Je rejoins G-mo et Ivy, qui cherchent à me rassurer. On va trouver une solution, qu'ils disent, un autre moyen de rassembler l'argent, faire les pieds au mur pour y arriver, transformer le mauvais œil qui me poursuit depuis l'origine. Les trottoirs défoncés ressemblent à du papier déchiré. Tout n'est qu'un immense dépotoir à mes yeux.

10

Du coup, rassembler l'argent de la caution repose sur mes seules épaules. On retourne chez G-mo pour discuter d'un plan. Lupe, sa mère, une petite femme café au lait aux longs cheveux noirs bouclés et avec des sourcils aussi broussailleux que ceux de G-mo, nous prépare du guacamole avec des tortillas. C'est super bon. Le citron vert ou la coriandre, je ne sais pas, me calme les nerfs.

Mon portable vibre régulièrement en recevant les notifications Instagram ou Twitter d'amis du lycée qui mettent en ligne leurs photos de la soirée. Tyler n'est sur aucune d'elles.

Je suis sur le canapé défraîchi, flanqué d'Ivy à ma gauche, et de G-mo à ma droite. Dix-sept ans que je connais Tyler, disparaître brusquement ne lui ressemble pas. À force de ressasser, ma jambe tressaute. Je me lève et vais me coller le nez à la fenêtre. Devant moi, la ville et ses limites. L'appartement de G-mo est au quatrième étage, j'aperçois notre maison.

Je sens une présence derrière moi.

— Hey, Marv', dit Ivy. Tu sais, je t'admire.

Je lève les yeux au ciel. Elle sourit. G-mo lèche le bol pour finir le guacamole.

— Toi et G-mo, vous êtes ma famille. Je me sens encore plus proche de vous que de mes propres frères. Je ne sais pas ce que je deviendrais si l'un de vous deux disparaissait.

Je me rends compte que je pleure quand mes joues sont mouillées. La mère de G-mo crie quelque chose en espagnol depuis sa chambre, il lui répond. Le bol de guacamole fait *cling* quand G-mo le repose sur la table.

— Marvin, tu te souviens de cette fille blanche qu'avait été kidnappée par son ex-petit copain ? C'était quasiment la troisième guerre mondiale.

— Ouais, répond-on, Ivy et moi.

— Y avait des barrages de flics, des chasses à l'homme dans tous les sens. Ça a duré des jours et des jours. Pourquoi on ferait pas pareil pour Tyler ?

— Tu sais très bien pourquoi, crétin. Les Noirs qui disparaissent ne sont pas prioritaires, répond Ivy.

Un ange passe.

— C'est la sœur de la fille qui l'a retrouvée, c'est ça ? je demande.

— Ouais, me répond G-mo.

Le brouillard se retire de mon cerveau, je me sens moins démuni, moins fragile.

— On devrait y retourner, faut le ramener à la maison.

On démarre une battue à trois par l'artère principale jusqu'en haut de la butte en sillonnant les contre-allées. Pour adoucir l'ambiance, on rappe des chansons de Tupac, à fond la caisse. *Letter to the President*, *Holler If Ya Hear Me*, *Changes* et *I wonder If Heaven Got a Ghetto*.

— Faut vérifier du côté de Sojo High, suggère G-mo. J'ai vu des Snaps de mecs qu'y étaient après la fête.

On ratisse. Là et ailleurs. À la friterie qui vend le poulet-frites que Tyler adore, à l'hôpital méthodiste au cas où il serait blessé, tout le voisinage dans un rayon de dix kilomètres avec l'espoir de tomber sur son bandana ou ses lacets de chaussures. Mais on rentre bredouilles.

— Faudrait coller des affichettes sur les lampadaires et les troncs d'arbres, les distribuer dans les magasins aussi, suggère Ivy.

— Non, c'est trop risqué. Si ça tombe dans les mauvaises mains, Tyler est mort, répond G-mo.

Déçue, Ivy soupire. On s'arrête une dernière fois à la Chiffonnerie. Rien n'a changé, le ruban fluo ceinture toujours le périmètre. Une voiture de police est garée devant, mais vide. En face du bâtiment, un petit commerce qui appartient à une famille de Blancs. Ils sont du nord. Une employée blanche le tient. L'intérieur est quadrillé par une armada de caméras de surveillance. Je ne critique pas, ils ont été braqués tellement souvent qu'ils en ont eu marre de faire la une des journaux tous les quatre matins.

Je n'ai jamais eu aucun problème avec la gérante. C'est arrivé souvent que je vienne ici avec Mama. La dame s'est toujours montrée souriante, proposant d'emballer nos courses, contente qu'on lui donne de la monnaie, nous souhaitant une bonne journée quand on repartait. Pour Mama, ce sont ces petits riens qui donnent espoir en nos prochains, des petites attentions qui la font revenir ici plutôt qu'ailleurs.

Ça m'agace, j'ai oublié son nom… D'un autre côté, je ne me souviens pas qu'elle m'ait jamais demandé le mien. C'était juste nous trois, deux Noirs, une Blanche.

On s'arrête pour demander si ses caméras n'ont rien enregistré la nuit précédente ou ces jours derniers. J'entre dans la boutique, la clochette tinte. Je me dirige vers le comptoir où est la dame. Son nom est inscrit sur un badge épinglé à sa blouse, j'arrive à en lire la moitié.

— Bonjour, Miss… Deb… euh… Mon frère Tyler a disparu, on est inquiets pour lui. Est-ce que je pourrais visionner vos enregistrements, des fois que les caméras aient capté quelque chose ?

Je sens un étrange espoir poindre en moi, un espoir qui me chuchote *oui, la réponse est là.*

— Non. Et puis des hommes en costume sont déjà venus.

— Des enquêteurs ?

Elle acquiesce. Malheur. Je lui demande si elle a vu Tyler. Après tout, elle pourrait avoir remarqué quelqu'un *presque* comme moi qui serait entré lui acheter son stock d'Iced Tea et de Curly au piment ? Encore non.

Derrière moi, G-mo, qui est au rayon des bonbons, appelle Ivy. Au même moment, un garçon de mon âge, sac en bandoulière, entre dans la boutique. Sa capuche est rabattue sur sa tête, ses Jordan flambant neuves couinent à chaque pas. Un flic blanc le suit. Un truc tellement banal qu'on n'y fait même plus attention.

Le garçon se dirige vers la gondole des confiseries en promo, pose son sac par terre, puis étudie chaque paquet de bonbons tout en dansant d'un pied sur l'autre. Soudain, il s'empêtre dans la bandoulière, trébuche sur Ivy, qui est obligée de s'agripper à l'étagère. Tout bascule, roule en un tohu-bohu sonore et cliquetant qui alerte le policier. Miss Debbie déclenche aussitôt l'alarme près de sa caisse enregistreuse, malgré le flic déjà sur place et l'absence de danger. C'est juste un accident, mais ça craint, je me dis alors. Les signaux d'alerte rouge flashent comme des décharges électriques. Un vieux souvenir remonte à la surface : la première fois que j'ai entendu à la télé qu'un gamin noir s'était fait descendre par la police, parce qu'il avait – je cite – « joué de la musique trop fort et perturbé la tranquillité ».

Je me précipite pour aider Ivy, elle se tient la tête à deux mains. Le policier et la caissière accourent aussi, mais voilà que la dame glisse sur des paquets de M&M's et se cogne. Suffisamment fort pour saigner, non, suffisamment fort pour être choquée, non : suffisamment fort pour que notre mélanine soit à blâmer.

Le policier s'empresse autour d'elle :

— Madame, ça va ? Madame ? Madame ?

Et moi, je relève mon amie en pensant : *purée, on est trois par terre, mais toi, le flic, tu ne vois que cette Blanche.*

Miss Debbie a une éraflure à la tempe, du sang perle. Sa lèvre tremble comme si elle venait de voir un fantôme et qu'il avait osé la flanquer par terre.

— Ben zut alors, dit le garçon à la capuche, hyper gêné.

Énervée, la dame explique que ça va aller, le policier fait la moue en regardant sa plaie. Ivy retire sa casquette pour nous montrer sa bosse. Je continue de penser qu'on doit se tirer en quatrième vitesse. Le policier aide la dame.

— Je suis sûre qu'il cherchait à me voler. Il a la même tête que toute cette racaille qui est venue la dernière fois, dit la caissière.

C'est bien un choc sur la tête qu'elle a reçu, parce que le garçon voulait juste manger des bonbons, pas les voler, je me dis. On échange un regard, G-mo, Ivy et moi. Le policier flanque un coup de pied dans la jambe du garçon en criant :

— Ouvre ton sac.

— Monsieur, j'ai rien volé.

— Y a quoi dedans ? répète le policier.

— Dans mon sac ?

— Oui, dans ton bon Dieu de sac, beugle le flic.

— Des CD, monsieur. Que des CD. C'est avec ça que je paye mes études.

Et il tire sur son sweat pour montrer ce qui est écrit dessus : Penn State. Le flic attrape le sac d'un geste sec et déverse son contenu sur les sachets de bonbons. Une douzaine de CD amateur tombe en vrac ainsi qu'un petit sachet d'herbe.

La caissière bat prudemment en retraite jusqu'au frigidaire, elle en sort un pot de Ben&Jerry qu'elle appuie sur sa tempe. Elle laisse le policier régler l'affaire. Il ramasse le sachet, le flanque d'abord sous le nez du garçon, puis l'empoche. Son talkie-walkie crachote, mais il ne répond pas.

— T'avais oublié ça, morveux ?

Les yeux bleus du flic papillonnent.

— Mais… Monsieur, je…

— La ferme !

Le policier s'approche de lui. Mon cœur s'affole. G-mo, Ivy et moi reculons en écrasant des paquets de fraises Tagada et de chewing-gums. On voudrait partir, mais on ne peut pas abandonner le pauvre garçon.

Je sors mon portable et prends une photo de la scène, au cas où ça tournerait horriblement mal. Peut-être que c'est aussi une façon subtile de montrer au garçon que je le vois, que je suis là, qu'il n'est pas seul là-dedans, qu'il n'est pas un pauvre Noir barbouillé de larmes implorant des mains pour rester en vie.

— Monsieur, je vous…

— T'es sourdingue ? Ferme-la.

Il lui balance un second coup de pied dans le tibia, plus fort. « Maudite racaille », murmure-t-il.

— Non, vous ne comprenez pas, dit encore le garçon.

Il a l'air confus, comme s'il doutait encore de ce qui se passe. Il essaye de rassembler les CD éjectés des étuis.

— Bouge plus, j't'ai dit !

— Je vous promets que je ne volais rien. Je voulais juste m'acheter des bonbons. Regardez.

Il enfourne la main dans sa poche, sans doute trop vite, trop Noir, je ne sais pas, mais en quelques secondes, le flic le repousse violemment dans la gondole de chips puis le plaque au sol, visage en avant.

On sursaute en entendant le *schlak*.

Il y a du sang, un autre bruit d'os cassé. Le flic immobilise le garçon, lui tord les bras derrière le dos, le garçon pleure, crie, s'agite.

— Hé ! Vous lui faites mal ! hurle G-mo. Il n'a rien fait, laissez-le.

Le flic s'en fout, il continue de cogner, de matraquer le garçon comme une poupée de chiffons, un joujou, une chose à brutaliser.

— BORDEL ! PUTAIN DE BORDEL ! PUTAIN DE PUTAIN ! je trouve la force de hurler devant ce qui est en train de se passer sous mes yeux grands ouverts, si grands ouverts.

— Arrêtez ! crie aussi Ivy en balançant un paquet de bonbons sur le policier. C'est juste un jeune.

Juste un jeune. Ça tourne en boucle dans ma tête. C'est juste un jeune. Juste un jeune.

— Vos gueules ! crache le flic. Vous trois, là-bas, feriez mieux de dégager avant que ce soit vot' tour.

Et moi je me dis, notre tour de quoi ? Notre tour d'être pris pour un punching-ball, un animal ? Notre tour de mourir ? Je pourrais vomir là, tout de suite.

Le flic passe les menottes au garçon qui gémit, qui tente de résister.

— La racaille se croit chez elle, va te faire foutre, oui. Toi, tu vas prendre une bonne leçon, maugrée-t-il.

Par terre, du sang, sur la bouche du pauvre garçon, plein de sang, dans ses yeux, la désolation, il tousse, pleure, s'étouffe, crie, s'étouffe, pleure, tousse, supplie pour que la torture s'arrête, jusqu'à ce qu'il se taise, évanoui.

Mon cœur éclate en mille morceaux, mes pensées basculent, défilent une à une, sans ordre, parce que plus rien n'a de sens en cet instant.

11

Le policier se précipite sur nous, bouscule Ivy qui tombe, m'attrape au cou et serre. Sa poigne est comme une corde de nylon qui m'étrangle. G-mo tente d'écarter les mains du flic.

— Quand je parle, tu obéis, gronde le flic. T'entends ?

Il serre, ça craque dans mon cou.

— Bordel, c'est quoi ça ? hurle Ivy, hystérique.

— Lâchez-le ! crie G-mo, qui tire toujours sur mon agresseur.

— Madame ! Faites quelque chose ! demande Ivy.

Elle ne fait rien, elle regarde. Rien que regarder, putain.

Et moi, je fixe les yeux du flic, qui sont entre le bleu cobalt et le bleu glacier, des yeux encore plus froids que l'Antarctique. Je vois toute la haine qui s'est accumulée au fond.

Maintenant ses mains me palpent, fouillent mes poches, mon pantalon.

— Il n'a rien ! dit Ivy qui aide maintenant G-mo à retenir le flic.

Mais il est trop balèze, les veines de ses biceps sont gonflées. Il est bien trop lourd pour mes potes. Il me bouscule contre une étagère qui me transperce le dos. Soudain, un coup de poing dans le bide me plie en deux, un coup de genou dans les parties m'anéantit, je tombe, nez en avant. J'ai mal partout.

Il cherche à me passer les menottes, mais je gigote. Je dois remporter cette bataille, parce que c'est la dernière, l'ultime. G-mo et Ivy m'encouragent, aiguillonnent le flic.

— Ah tu résistes, hein, tu résistes, voyou ?

Il me bloque les bras dans le dos, ma chair est en feu, mon cœur chavire, la sueur dégouline dans mes yeux.

— Joe, arrête, dit enfin la caissière. Je crois qu'il a eu sa leçon pour aujourd'hui.

Je ne suis plus que douleur, partout, autour des poignets, à la tête, dans le dos, j'ai mal à en mourir, mourir sans avoir vraiment vécu. Pourtant, la seule pensée qui m'agite, c'est : *quelle leçon devais-je donc apprendre aujourd'hui ?*

Ne pas être un individu lucide ?

Ne pas se soucier d'une vie innocente, d'un garçon qui gît inconscient à quelques centimètres de moi ?

Ne pas se soucier de ma propre vie ?

Ne pas appartenir à ma race ?

Je ne sais pas pourquoi, mais je commence à me détester, à m'apitoyer sur moi-même, parce que je suis Noir depuis trop longtemps, parce que je représente une telle menace pour la société avec cette peau, à cause des mots qui viennent à l'esprit de certaines personnes quand elles me voient.

— Fous-moi le camp et ne remets plus jamais les pieds ici, gronde le flic à mon oreille.

Il me lâche brusquement. Sa voix chargée de haine est plus terrifiante que ses coups.

Ivy et G-mo me ramassent. On sort sans quitter des yeux le pauvre garçon. Les sirènes d'une ambulance et d'une voiture de police convergent vers la boutique.

On repart à vélo jusqu'au parc près de chez nous, l'esprit assailli par un million de trucs.

— Ça va ? me demande Ivy quand on arrive.

Je réponds oui sans avoir l'impression d'aller bien. Je me rejoue ce qui vient de se passer. Ç'aurait pu être mon frère. Comment être certain qu'il ne gît pas quelque part, inconscient, ou pire, battu à mort parce qu'il est noir et tenu pour une menace avant même d'être *vu* ?

— Qu'est-ce qui leur prend, à ces foutus flics ? s'interroge G-mo.

— Ma mère dit que le monde est en train de dérailler. Voilà tout, répond Ivy.

Moi, je suis médusé, incapable de parler, encore marqué dans ma chair. J'ai l'impression qu'on a passé une râpe à fromage sur tout mon corps. Mais je me rappelle alors que je n'ai pas le droit de me laisser aller maintenant.

— N'empêche, c'était un sacré fils de pute, ce flic, reprend Ivy. Le mec n'avait qu'un sachet d'herbe et des CD. Personne ne mérite d'être tabassé pour ça. Ni d'être condamné à mort. Le pire, c'est que ça aurait pu tomber sur l'un de nous trois.

— Tu m'étonnes, soupire G-mo.

— Et on s'est barrés comme des tapettes, ajoute Ivy.

— Combien de fois je t'ai dit que j'étais une tapette marron et que ça me plaît ? s'écrie G-mo. C'est comme ça que je reste en vie.

— T'as surtout une case en moins, oui. À force de répéter que t'es une tapette, ils vont finir par nous traiter tous pareils.

— M'en fous.

— Et si les flics sont des ripoux, on appelle qui pour nous sauver ? demande encore Ivy.

Je n'en sais rien, mais je continue de penser que tous les flics ne sont pas pourris. Tante Nicola est une bonne personne. Quand elle était flic, elle a beaucoup œuvré pour la communauté en trouvant l'aide dont les gens avaient besoin, en leur rendant leur dignité, en assurant leur sécurité, ce que tout bon policier est censé faire. Je me souviens des histoires qu'elle nous racontait à propos de truands qu'elle coffrait. C'est vrai que tante Nicola avait aussi des collègues qui abusaient de leur position, mais elle nous rassurait toujours en disant qu'on tomberait sur des flics comme elle.

En primaire, Tyler et moi passions nos vacances de Pâques dans l'Indiana, chez tante Nicola. Elle nous emmenait à la patinoire. C'était super quand on s'aidait mutuellement à remonter sur nos guiboles en rigolant après une chute. Quel souvenir. Le rire de Tyler résonne dans ma tête. Jamais je n'aurais pensé que son rire de chasse d'eau me manquerait, mais si, il me manque. Ça fait longtemps que je ne l'ai pas entendu. Tous ces moments de notre enfance, joyeux, drôles, tranquilles, simples, sont scotchés dans ma tête. Tyler et moi, à plat ventre, en train de faire un puzzle, en train de se tartiner du pain au beurre de cacahuète puis de le mâchouiller en se regardant en silence. L'idée de l'avoir perdu pour toujours me comprime la poitrine. Tyler est peut-être égaré, je dois le retrouver.

J'ignore combien de temps je reste assis là, perdu, le regard absent, coincé dans un trou de la chaussée, les pensées dispersées en milliers de fragments. Mais je finis par émerger de mon brouillard pour remonter à vélo. Je pédale à toute vitesse. J'avance sans avoir conscience de m'orienter.

Les pigeons volent, saluent la pâleur du ciel caoutchouteux qui prend vie, comme une machine géante construite pour me résister, me faire souffrir jusqu'à ce que j'arrive enfin à la maison pour braver Mama.

Je vais lui dire la vérité. La fête de Johntae. Tyler. Tout.

12

Mama sort la trousse à pharmacie et m'applique une quantité de trucs. Elle nettoie ma plaie à l'alcool, puis à l'eau oxygénée, applique une lotion cicatrisante qui jaillit d'un petit tube orange. Je serre les dents. Pas à cause de la douleur ou de ses gestes, non, parce que je dois lui dire la vérité. C'est ça qui me fait souffrir.

— C'est bon, Marvin, t'es à la maison maintenant.

Elle m'embrasse le front, me caresse la joue. Moi je pète de trouille. J'inspire profondément, je prépare des mots dans ma tête, mais je ne sais pas du tout comment je vais lui annoncer ça. Quand j'ouvre la bouche, il en sort d'abord un cafouillis.

— … Mama… Faut que je te parle.

C'est comme si un oreiller m'étouffait la figure, qu'une enclume m'écrasait la poitrine.

— Je ne sais pas où est Tyler, Mama. Je croyais que…

— Comment ça, tu ne sais pas où est ton frère ?

Mon estomac se tord. Je lui raconte la soirée, Tyler avec Johntae, le gang, mes mensonges, combien je suis désolé, combien je m'en veux pour tout. Tout.

— Tyler a disparu après la fête.

Je suis sur le point de vomir. Tendue comme une corde, Mama fouille son sac à la recherche de son portable, je sais alors qu'elle va appeler la police. Ce qu'elle n'a plus fait depuis la fameuse nuit où Papa s'était tellement saoulé et drogué qu'il avait planté leur vieille Yukon dans une arrière-cour.

Mama appelle, donne le signalement de Tyler, explique qu'il a disparu. J'essaye de me souvenir des mots d'Ivy, il est quelque part, il est vivant, il est sain et sauf. Mama fait les cent pas, je suis à l'agonie. Le monde vient de s'arrêter de tourner.

Mama me jette des coups d'œil en parlant, la main posée sur le cœur, comme si une attaque cardiaque allait la foudroyer. Elle essaye de tout détailler. Je vais m'asseoir sur le canapé, j'effleure les trous du tissu, je tire les fils qui dépassent.

Établir le rapport dure un long moment. Je suppose que pour les Noirs, il y a des cases supplémentaires. La voix de basse de son interlocuteur sort de l'appareil. Il demande à Mama si mon frère appartient à un gang, s'il a eu des ennuis avec la justice, s'il a des ennemis connus. À chaque question, Mama répond « Non ».

Quand elle raccroche, elle a ce regard fantôme, lointain.

— Faut aller au poste. Ils ont encore des questions.

J'enfile un sweat de Tyler imprégné de son eau de Cologne. Il est trop grand, mais j'ai besoin de soutien, j'ai besoin de me rappeler qu'il est quelque part.

Sur le trajet en voiture, on n'ouvre pas la bouche. Mama renifle, je regarde défiler le paysage, les lumières, les étoiles, et les gens aussi. Son silence me fait souhaiter d'être aspiré dans ce sweat, dans un trou noir.

Au poste, deux policiers nous escortent dans des couloirs jusqu'au bureau de l'inspecteur principal. On passe devant une série de bureaux vitrés qui ressemblent à des boîtes de verre. Certains sont propres, rangés, d'autres sont en foutoir, avec des papiers partout. Des voix sortent de talkie-walkie, des policiers tapent sur des claviers d'ordinateur. Ceux qui discutent dans le couloir nous dévisagent.

Sur un mur, des tas de photos de personnes disparues à Sterling Point. Beaucoup de Noirs, des gens de couleurs aussi, l'air devient irrespirable. Quand on entre dans le bureau, un homme en beau costume serre la main de Mama. Sa cravate est un drapeau américain. Il nous propose du chocolat chaud ou des petites bouteilles d'eau. J'avale la mienne d'un coup, à longues gorgées.

Mama recommence l'histoire à zéro, mais le détective l'arrête en disant que c'était lui au téléphone. Il me regarde droit dans les yeux, avec un petit sourire sournois scotché aux lèvres. Il ouvre la bouche et me tend la main. Tout ce que je sens, c'est son haleine au café et sa paume moite.

— Et toi, comment tu t'appelles ?

Il s'adresse à moi comme si j'étais un écolier. Ça craint déjà, mec. Je lui donne mon nom.

— Inspecteur Conaway. Je vais essayer d'être rapide pour vous éviter de passer la nuit ici, OK?

On ne répond pas. Mama est sur le point de lui claquer son petit air suffisant par une remarque.

— Marvin, tu sais que ton rôle est essentiel dans l'enquête, n'est-ce pas?

Mama veut l'interrompre, il l'en empêche.

— Je parle de l'enquête que nous menons sur la fête ET pour retrouver ton frère. Nous avons besoin de ton aide pour recoller les morceaux. Tu en penses quoi?

Il a toujours son putain de rictus agaçant. Moi, je ne suis pas d'humeur à sourire. Il prend mon silence pour de l'approbation.

— Alors on commence, dit-il en farfouillant sous une pile de papiers pour en sortir un bloc-notes.

— Pourquoi vos hommes ne partent pas chercher mon fils au lieu de rester plantés dans le couloir? supplie Mama.

— Je comprends votre inquiétude, madame Johnson, mais c'est la procédure. On doit rassembler d'abord les faits pour savoir de quoi il en retourne. On ne peut pas rechercher une personne manquante sans point de départ.

— Alors posez-moi vos questions, dis-je avec assurance.

Ils s'interrompent et me regardent avec des yeux grands comme des soucoupes. L'inspecteur s'éclaircit la gorge, se renverse dans son fauteuil, rajuste sa cravate, puis démarre enfin:

— Ton frère s'appelle Tyler, n'est-ce pas, vous fréquentez Sojourner Truth High ?

— Tyler Jabril Johnson. Oui, en Terminale.

Il écrit sur son bloc, sort un enregistreur.

— La procédure, dit-il encore. Donc… toi et ton frère, vous êtes allés à une fête organisée à la Chiffonnerie.

J'hésite, j'ai peur de dire une bêtise. Ce flic me parle de cette putain de soirée alors que tout ce que je veux, c'est qu'il ratisse la ville. Tout le monde devrait déjà être en chasse.

— C'est pour ça que vous l'avez fait venir ? intervient à nouveau Mama. Pour le questionner sur cette fête ? Je suis d'accord pour des questions si elles servent à retrouver mon gamin.

J'entends l'émotion dans la voix de Mama autant que les battements de mes tempes. Le rouge monte aux joues de l'inspecteur. Il reprend. Est-ce que je connais Johntae, est-ce que je suis au courant pour les armes, la drogue à la soirée, le raid ? Maintenant il me demande si j'appartiens au gang de Johntae.

Pause. Ça tourbillonne. Mama va avoir le cœur brisé. Je ravale la boule qui me coince la gorge.

— Non. Mais Tyler, si.

J'évite le regard de Mama, mais j'entends son sanglot, sa respiration saccadée. Pendant des années, elle a fait de son mieux pour nous élever et nous tenir éloignés de la rue. L'inspecteur Conaway se penche vers moi comme si je venais de lui servir une réponse en or.

— Excellent.

Excellent ? Bon Dieu, ça veut dire quoi ? Que Tyler n'en vaut pas la peine ? Appartenir à un gang vous exclut des préoccupations policières ? J'essaye de boire une gorgée de chocolat.

— Tu accepterais de m'établir la liste des jeunes du gang avec qui traînait ton frère ?

Je regarde Mama qui s'est pris la tête entre les mains. Elle est en train de se flageller, je le sais. Autant que moi quand je me disais que j'aurais dû veiller sur Tyler pendant la soirée.

J'accepte. Cela me prend plusieurs minutes pour inscrire tous les noms.

— J'espère que ça ira, je connais que les surnoms.

— Absolument, Marvin.

— Vous allez commencer à le chercher maintenant ?

— Ça prend du temps, ce genre de choses, tu sais. Et vu la longueur de ta liste, il nous faudra plus de quarante-huit heures pour les interroger. Une semaine peut-être.

— Faut commencer tout de suite alors.

— J'ai encore quelques questions.

Mama soupire. J'avale mon chocolat. Il me demande combien de temps j'ai passé à la fête et si j'y suis resté en continu.

— Oui, jusqu'à la fin.

— Une fusillade a éclaté avant que les forces de police n'arrivent. Où as-tu vu Tyler pour la dernière fois ? Au milieu de la mêlée ?

Mama grogne, mais finalement, ne dit rien.

— Non, Tyler n'a rien à voir là-dedans. Il est innocent, il a disparu, et vous, vous insistez sur ces coups de feu.

C'est la fournaise dans son bureau.

Il me demande de raconter ma dernière conversation avec Tyler, il prend des notes. Cette conversation qui tourne en boucle dans ma tête, encore et encore. Je n'oublierai jamais l'expression à la fois hargneuse et terrifiée de Tyler, m'intimant l'ordre de lui foutre la paix.

L'odeur de mon frère monte, je me souviens que je porte son sweat.

— Le gang avait quelle influence sur ton frère ?

Beaucoup, je devrais répondre, parce que c'est la vérité.

— Je ne sais pas.

Le mensonge rampe dans mon corps.

— Tu sais qu'il y a eu des morts à cette soirée ?

— Oui. Enfin, je crois.

Depuis le début, je me suis empêché d'y penser, parce que je ne peux pas imaginer que Tyler soit parmi eux.

Avant de partir, l'inspecteur nous fait encore inscrire nos cordonnées téléphoniques et les endroits que Tyler fréquentait.

Sur le chemin du retour, ni Mama ni moi ne le formulons à haute voix, mais chacun sait pertinemment que pour retrouver Tyler, on devra le chercher nous-mêmes.

Une fois à la maison, Mama reste allongée sur le canapé et appelle tante Nicola. J'entends sa voix depuis mon lit, j'essaye de dormir, mais le sommeil ne vient pas. Je fixe le plafond cloqué, je prie Dieu, longtemps, très longtemps, pour qu'Il m'envoie un signe, une piste, n'importe quoi.

Aucun signe ne descend, mais j'ai besoin de foi pour croire que Tyler ira bien. Je ferme les yeux, je prolonge ce moment qui flotte dans l'air, je ralentis le fil de mes pensées. La foi se glisse alors dans mon esprit. Je saute du lit, enfile des chaussures, et sans rien dire à Mama, je sors par la fenêtre.

13

Vingt-quatre heures déjà que Tyler a disparu. La lune s'accroche dans le ciel sombre. Mes pensées traînent comme un ombre derrière moi à force de ruminer que tout est ma faute. Si j'avais gardé un œil sur mon frère, je ne l'aurais pas perdu. Je le sais.

J'arrive chez Faith. Le salon est éclairé. Elle danse. La musique braille tellement fort qu'on l'entend depuis la rue.

Je vérifie que tout est désert puis toque très fort à sa porte. Le volume baisse brusquement, le verrou tourne. Elle entrouvre juste assez pour que j'aperçoive son œil.

— Salut, c'est moi. Marvin Johnson.

Je lui fais un sourire et un petit signe, façon je-suis-venu-en-paix-mais-aussi-en-urgence. Elle ouvre grand. Je la découvre en survêtement et body moulant, sans maquillage. Pas comme à la soirée. Elle est quand même toujours aussi canon.

— Qu'est-ce que tu fais là ? demande-t-elle en vérifiant la rue à droite à gauche.

Une bourrasque de vent froid tourbillonne, elle se frotte les bras.

— S'il te plaît, j'ai vraiment besoin de ton aide.

Faith me dévisage. Une lutte intérieure la pousse à me claquer la porte au nez.

— Entre. Y a personne. Ma mère travaille et mon beau-père est sûrement en train de cuver ou de dépenser son fric au casino.

Sa maison sent la cire de bougie et les relents de graisse. Tout est brun, or, beige, magnifique. Sur les murs sont accrochés des tableaux de Noirs célèbres. Tupac, Biggie, Beyoncé, Rihanna, et aussi des têtes plus anciennes comme Diana Ross, Gladys Knight, Janet et Michael Jackson, Prince. Tout est propre, net, flambant neuf, même le tapis. Je la suis à l'intérieur comme un gamin émerveillé au musée. J'arrête de ciller pour ne pas perdre une miette du spectacle.

Elle remet la musique. Je reconnais les premières mesures de *Keep Ya Head Up*. Ah. Faith aime donc Tupac aussi. Elle s'assoit sur un pouf en cuir, moi sur le canapé. Il n'y a que la musique pendant un moment. *Look to my future 'cause my past is all behind me. Is it a crime to fight for what is mine ?* Elle répond à mon regard captivé.

— C'est ma mère qui a peint ces tableaux. Elle a appris toute seule, dit alors Faith en nous servant de l'Ice Tea. Ça l'a empêchée de sombrer dans la rue. La peinture l'a sauvée, elle avait un don. Un jour, ça m'arrivera, je serai aussi douée qu'elle… Même si maintenant elle conduit les bus de la ville.

Faith me tend un verre. C'est trop sucré, mais j'ai soif.

— Alors, pour Johntae, la caution, mon frère ?

Elle ne sourit plus.

— Je ne peux pas t'aider… Pourtant, je voudrais bien.

— Mais pourquoi ? C'est lui qui m'a dit de venir pour l'argent.

— Parce que Johntae croit que j'ai encore son fric. Je m'en suis servi pour payer l'opération de ma mère. Elle avait besoin d'un pacemaker. Je n'ai jamais osé le dire à Johntae… Il enverrait quelqu'un me démolir.

Silence.

— C'est pas simple d'être avec Johntae, c'est même douloureux. Il est d'humeur changeante, je n'ai jamais su gérer ça. J'essaye de me détacher de lui. Pendant des années, j'ai manqué de confiance, mais j'ai compris plein de trucs sur moi.

— Quoi par exemple ?

— Que je vais me tirer d'ici, quitter Sterling Point et quitter Johntae. Je suis des cours en ligne, je vais bientôt m'inscrire dans une école d'art, à New York. J'ai réalisé que j'avais le potentiel pour devenir quelqu'un.

La musique passe de Tupac à Alicia Keys.

— Il te rabaisse, c'est ça ?

— Johntae passe par des hauts et des bas, très bas, et tout d'un coup, il surchauffe, il écrabouille les autres. Ça tombe souvent sur moi. S'il apprend pour son fric… je peux préparer une arme sous mon oreiller.

— Je suis désolé.

J'aimerais pouvoir la protéger, lui dire que je ne le laisserai jamais faire ça, mais Faith se sauve déjà toute seule. Elle ne m'a pas attendu pour se prendre en charge. Moi qui n'ai même pas été fichu de veiller sur mon frère...

— C'est moi qui suis désolée de ne pas pouvoir t'aider.

— Non, c'est bon.

Je lui mens, je me mens, parce que rien n'est bon en ce moment. Mais je dois faire semblant, question de santé mentale, je dois faire semblant de savoir comment je rassemblerai le fric, semblant d'être 100 % convaincu que je retrouverai Tyler.

— Comment t'es sûr que Johntae t'aidera une fois que tu l'auras sorti du trou ?

— Tyler traînait avec lui, c'est normal qu'il soit concerné, non ?

Je repousse l'horrible doute qui m'étrangle.

— Il va m'aider, en plus il connaît les planques de Tyler. Johntae a des contacts partout dans Sterling Point

— Je le connais par cœur, il ne lèvera pas le petit doigt, Marvin.

— Moi aussi, je croyais connaître Tyler par cœur...

Les yeux de Faith sont deux puits profonds, couleur noisette.

— Je ferai tout pour le retrouver. Tout. Sortir Johntae est ma seule option.

Faith fixe le ventilateur qui tourne au plafond.

— Ceux qui disparaissent laissent toujours des traces. Tu en as trouvé ?

Je soupire.

— Les traces ne sont pas forcément physiques, reprend-elle. Pour comprendre où est Tyler il faut aussi chercher en Tyler.

— Ouais.

— Ouais quoi ?

— Mon frère a beaucoup changé ces derniers temps. Il est devenu distant, ne respectait plus aucune règle.

— Ah, les règles…

Elle rit comme si le mot la chatouillait.

— Il n'a pas forcément disparu, dit-elle encore, il s'est peut-être enfui parce qu'il n'en pouvait plus, des règles, il a craqué.

Faith est la deuxième personne avec Ivy à le dire, ça ne me rassure pas plus.

— On est parfois surpris par ceux qu'on croit connaître.

Je ne vois que ses yeux, mes seules étoiles, je m'y accroche comme si c'était l'unique source de lumière qui pointe dans ce tunnel sombre.

— Ça va s'arranger, Marvin.

Non, mais c'est doux à entendre.

Le lendemain, un dimanche, rester à la maison s'avère physiquement douloureux, dans une ambiance à la fois tendue et calme. Je suis étalé sur mon lit, l'estomac noué, les bras lourds. Je consulte la page Twitter de Tyler en faisant défiler ses photos, stratagème égoïste pour grappiller quelques instants de bonheur. Ça marche, jusqu'à ce que je tombe sur une photo que je n'avais pas vue depuis des lustres : on y est tous les deux, à dix ans, déguisés en Transformers pour Halloween, moi en Bumblebee, Tyler en Optimus Prime. Une enclume me tombe sur les épaules, le néant intérieur que je refoulais recommence à me ronger.

La police le cherche, répète Mama, ils interrogent, ils ont peut-être une piste. Je la lis comme un livre ouvert, je connais Mama. Les lignes de son visage parlent à sa place, elle est dans le même état que moi.

Lundi. J'inspecte mes vêtements pour trouver ce qui ira avec mon humeur. Ça se termine en jeans noir et sweat John Cena acheté par Tyler dans un dépôt-vente, l'an passé. Un cadeau pour rigoler, parce que je déteste la gonflette des lutteurs du WWE.

Mama récite une prière avant que je parte au lycée. Elle demande au Seigneur d'éclairer la police pour qu'ils retrouvent notre Tyler. Avant même le *amen* final, on sanglote. Les larmes coulent à flots, mais je m'en fous.

— Tout va bien se finir, ça va aller, répète Mama pour se rassurer.

J'attrape mon sac à dos et j'y vais. J'arrive à l'école trente secondes avant la première sonnerie. G-mo et Ivy m'attendent devant mon casier, le portable à la main. C'est vrai que j'ai ignoré leurs appels et les textos qu'ils m'ont envoyés.

— Qu'est-ce qui se passe ? demande Ivy.

— Bah quoi ?

— T'étais où ? insiste-t-elle.

Je hausse les épaules et sors mes manuels du casier.

— On s'inquiète, Marv', ajoute G-mo, avec gravité.

Ça fait des années que lui et moi n'avons pas été aussi sérieux. Pas depuis que son père a été déporté.

— Merci.

J'essaye d'oublier l'étau qui me compresse la poitrine. Deuxième sonnerie, on est en retard pour le cours d'anglais, mais Mme Tanner ne fait pas d'histoire. Elle est au courant. Tout le lycée est au courant. On se glisse sans problème dans la classe.

Ça chuchote de partout. Pas sur le vocabulaire que Mme Tanner est en train d'expliquer, non, au sujet de Tyler et moi. La prof approche une table roulante sur laquelle sont posés une vieille télé et un magnétoscope. On va regarder *Antigone* de Sophocle, on a intérêt à se calmer parce que ce sera le sujet de l'examen final, prévient-elle. Si la pièce est cool, ça pourra être sympa parce que là, je suis en putain de manque d'espoir.

Raté.

Attention, je spoile : TOUT LE MONDE MEURT.

Voilà, c'est foutu, je ne pense plus qu'à la mort.

J'ai tellement mal au bide que je pourrais me rouler par terre. Je me lève avant la fin du générique pour filer aux toilettes. Elles sont désertes, y a juste un Blanc en train de pisser une rivière. Je me regarde dans le miroir en me rinçant à grandes giclées d'eau froide. Je me sens, j'ai l'air d'une épave à la dérive.

— Courage, mec, me dit le Blanc qui se lave les mains maintenant.

Je le remercie d'un signe de tête. Si je parle, ma peine se déversera au milieu des mots.

— C'est vrai que c'est dur quand quelqu'un te dit qu'il faut se montrer courageux. On ignore l'étendue de sa propre force jusqu'à ce qu'il ne reste plus qu'elle pour tenir le coup.

Il tire deux serviettes du distributeur puis s'en va. Je reste seul dans cet endroit qui pue la merde, penché sur un lavabo plein d'eau brunâtre.

Alors que je dépose des livres dans mon casier, une voix s'élève derrière moi.

— Johnson, on peut se parler ?

M. Dodson. Ça ressemble plus à un ordre qu'à une invitation. Je le suis jusqu'à son bureau. Aujourd'hui, il porte une cravate moutarde tirant sur le jaune d'œuf. Son bureau sent l'œuf aussi. Sur les murs, je remarque des photos de Blancs ayant intégré des universités prestigieuses.

— Asseyez-vous.

Je reprends ma place habituelle. Il pose une fesse sur le bord de son bureau. Avec cette position dominante, j'ai l'impression qu'il va me balancer une beigne. Pour l'instant, seule son haleine au sandwich œuf-salade me tombe dessus.

— Qu'est-ce qui se passe ? je demande.

Je me blinde intérieurement, prêt à recevoir un baratin sur le fait que Tyler mérite ce qui lui arrive ou une connerie du genre.

— Vous êtes conscient que Mme Tanner vous a inscrit au forum des universités de jeudi pour un entretien avec le MIT ?

— Pardon, monsieur ?

— Quoi, pardon monsieur ? explose-t-il.

— Je ne savais pas, monsieur.

— J'ai appelé le MIT, ils ne reporteront pas le rendez-vous. Vous comprenez ce que ça veut dire ?

Durant plusieurs secondes, ça tourne à vide dans mon cerveau. Un entretien avec le MIT. Je ne suis pas prêt. Alors je reste juste assis là, à regarder, respirer, espérer, en oubliant que je dois répondre.

— Johnson, je sais que vous m'entendez. Je répète donc : vous comprenez ce que ça veut dire ?

— Non, monsieur.

— Ça veut dire que, quoi qu'il arrive, vous irez à ce rendez-vous avec les yeux en face des trous.

Sa voix s'amplifie, s'épaissit, résonne dans mes oreilles.

— Ça veut dire aussi que vous aurez une tête décente. Pas de joker, pas de frère disparu. Vous leur direz ce qu'ils veulent entendre, avec un comportement normal pour qu'ils n'imaginent pas que je dirige une école pourrie.

— Oui, monsieur.

— Ça veut dire aussi que jeudi, vous n'êtes plus Marvin Johnson, mais juste un Noir qui veut intégrer le MIT.

Je n'ai plus de mots, pas même les habituels « oui, monsieur, non, monsieur » façon adjudant-chef que je lui sers toujours. La plus haute confusion m'agite, j'ai le cœur le plus lourd de tout l'univers. J'ai l'impression de flotter, d'être hypnotisé par les murs blancs. La culpabilité me fait retomber parce que je suis là et pas Tyler. Mon frère a disparu.

Ma tête acquiesce une dernière fois à Dodson. Je rassemble mes affaires et je sors, azimuté par l'émotion.

Les couloirs sont déserts, une odeur de transpiration flotte. Ils me rappellent la tristesse infinie qui galope dans mes veines. Les murs se referment sur moi. Je suis content d'avoir la chance d'être reçu en entretien par le MIT, mais je suis malheureux que ça ne serve pas à aider Tyler.

Après la trigo de Mme Bradford, Mme Tanner vient me trouver. Elle a son air de celle qui s'apprête à fouiner et qui veut juste vérifier, genre, elle mérite de savoir, vu qu'elle m'a décroché l'entretien avec le… MIT, rien que ça.

— Monsieur Johnson, je peux vous dire un mot, s'il vous plaît ?

J'aimerais répondre « un seul », mais je dis juste « oui ». Ce qui est franchement con, parce qu'elle essaye de m'aider. Je n'arrive pas à voir au-delà de ma douleur.

— Vous allez bien, j'espère ? Je vous ai trouvé ailleurs pendant mon cours. Je sais que vous traversez une épreuve. Je suis là si vous avez besoin.

— Merci, madame Tanner.

J'ai le nez sur mes chaussures.

— N'hésitez pas surtout… Je peux savoir comment vous allez vraiment ? ajoute-t-elle en posant une main sur mon épaule.

— J'ai l'impression d'être coincé dans ma tête. Comme si quelqu'un m'avait arraché le cœur pour le trancher en…

Je m'arrête. Elle me tapote l'épaule. On dirait qu'elle va éclater en sanglots. Elle me serre dans ses bras en murmurant : « Je suis désolée, tellement désolée. »

Pendant tout ce temps, je me demande si elle me réconforte parce que c'est son job ou si elle est sincère. N'empêche que je la serre aussi.

— Marvin, j'ai quelque chose qui pourrait vous intéresser, dit-elle en farfouillant dans son sac. J'en offre seulement aux étudiants méritants.

C'est une invitation pour *La leçon de piano*, une pièce de théâtre d'August Wilson.

— Vous gagnerez des points en y allant, et ça vous changera les idées. La pièce ne se joue pas avant quelques semaines, ça vous laisse le temps d'y réfléchir.

Je la remercie et m'en vais, en lisant son dépliant.

— Monsieur Johnson ! s'écrie-t-elle. Bonne chance pour jeudi !

À la fin de la journée, je fonce dehors en évitant les regards sidérés de G-mo et Ivy. Je sais que c'est minable de ma part, mais je me sens incapable d'être avec eux. Les voir, leur parler, m'oblige à affronter la souffrance que j'essaye d'endiguer.

Je saute à bicyclette – qui a un pneu dégonflé, je roule sur la jante. Tant pis.

Mon portable sonne, je m'arrête. Numéro inconnu. J'hésite à décrocher.

— Allô ? dis-je d'une voix rauque.

— Salut, c'est moi.

— Faith ?

— Oui. Je voulais m'excuser. J'ai vraiment été super égoïste l'autre soir.

— Non, non. C'est moi, j'aurais pas dû te mettre autant de pression.

Court silence.

— T'es sûr que Johntae va t'aider à retrouver ton frère ?

— Je n'ai plus que lui.

— J'espère que t'as raison… Tu peux venir me retrouver d'ici une vingtaine de minutes ?

— Où ça ? Chez toi ?

— Yep.

Demi-tour, je pédale à fond les ballons.

14

Les rayons du soleil me persécutent. Si seulement ils tapaient ailleurs que sur mon pif.

Je toque chez Faith.

— C'est qui ?

— Marvin.

Elle ouvre, me conduit au salon puis m'invite à m'asseoir près d'elle.

— Merci.

La table basse est couverte de magazines de mode. Les yeux de Faith sont voilés de tristesse, mais elle me sourit en glissant les doigts dans son épaisse chevelure. Sa coiffure est différente aujourd'hui, très afro-noire, éclatante, j'adore.

— Tu vas bien ? je demande.

Question stupide, rien ne va, c'est évident.

— Un peu trop de trucs en ce moment, mais ça va.

— T'es sûre ?

Elle plonge une main dans son sac puis en sort une liasse de billets. Ma mâchoire se décroche.

— Faith ? Je... Ouah.

— J'ai demandé à Mme Bethany.

— Mme Bethany ?

— La tante de Johntae. Ses parents sont morts quand il était petit. Accident de voiture. C'est elle qui l'a élevé.

— Oh. J'savais pas.

— Ouais. Même les dealers de drogue ont de la famille.

— Merci, Faith. Si tu savais, c'est géant.

— Qu'est-ce qu'on fait maintenant ?

Sa main joue avec une mèche en tire-bouchon, mon pouls palpite au bout de mes doigts.

— On paye sa caution pour qu'il sorte et me dise où est mon frère.

Ça paraît simple, mais je suis soudain mal à l'aise.

— C'est parti, répond Faith en attrapant ses clés de voiture.

Les textos de G-mo et d'Ivy s'accumulent, j'ose à peine regarder mon portable. J'ai honte de les repousser comme des malpropres, mais j'ai aussi trop peur de toute cette peine accumulée en moi. Je suis en train de laisser filer notre amitié comme du sable entre mes doigts. Je ne devrais pas. Ivy et G-mo sont mes potes de toujours, les bouées de secours qui me maintiennent la tête hors de l'eau. On ne s'est jamais quittés, même la nuit on se fait des séances de bavardage à trois sur Skype.

— Des messages de tes potes ? demande Faith.

— Oui.

J'enfourne le téléphone au fond de ma poche. Faith me comprend, je le lis dans ses yeux.

— Quand on souffre, ça paraît plus simple d'écarter ceux qui t'aiment, mais tu vas avoir besoin de tes amis, Marvin. Plus que jamais.

Je ne réponds pas. On roule en silence un long moment. Je ressors mon portable pour taper un message commun à Ivy et G-mo. Je leur explique que je suis sur le point de payer la caution de Johntae. Et en véritables amis qu'ils sont, je ne tarde pas à recevoir un signe de leur part. Ils n'ont pas l'air fâché ni vexé. Ivy demande si je vais bien, G-mo m'envoie un smiley rigolo.

Les maisons défilent par la fenêtre. Certaines sont abandonnées et barricadées. D'autres, plus soignées, appartiennent aux Blancs friqués. Le ciel est une gigantesque fresque de violet et d'orangé. Cette palette de couleurs me rappelle nos balades dans la vieille guimbarde familiale, quand mon père nous embarquait le samedi soir. Cela me manque, presque qu'autant que Tyler et Pa.

Au bout d'une heure, on arrive au Metropolitan Detention Center. Je descends de voiture tout tremblant et ce n'est pas la faute du vent frisquet.

Cet endroit crasseux, poussiéreux, ressemble au cachot d'*Antigone*, la vidéo de Mme Tanner. Des nuées de moustiques saturent l'air et se concentrent sous les halos lumineux des lampadaires. L'entrée de la prison sent l'eau de Javel, le sel et la déprime en boîte. J'observe avec attention.

Pénombre, barreaux, tenues orange, regards méfiants des surveillants.

Faith s'explique avec l'employée de l'accueil.

— Bonsoir. On vient payer la caution d'un proche.

La dame est claquemurée derrière une vitre avec cet air renfrogné des fonctionnaires blasés par leurs années de routine.

— Quel nom ? crache-t-elle dans l'hygiaphone.

— Euh, le mien ou…

— Les deux, dit-elle en mâchouillant son chewing-gum de plus belle.

Faith les décline.

— Salle d'attente, derrière vous. On vous appellera.

Je transpire à grosses gouttes. La salle, un grand rectangle avec des banquettes et des chaises alignées, est bondée. Les pieds, les sacs raclent le carrelage, un bébé pleure. On réussit à trouver deux places. La prison de mon père ressemble-t-elle aussi à ça ? Serai-je aussi obligé de patienter quand je viendrai voir Tyler s'il est en taule ? C'est ça ce que me réserve la vie, fréquenter les salles d'attente jusqu'à la fin de mes jours ?

— Marvin ? Tu vas bien ? me demande Faith.

Tout vire au purgatoire, je rôtis déjà dans les flammes.

— Je… Juste que… C'est…

— C'est bon, Marvin, me dit-elle en posant sa main sur mon épaule.

En plongeant dans ses yeux noisette, je réalise combien elle me comprend. Je craque. À cause de Papa, je savais bien que ce serait archi traumatisant de mettre les pieds dans une prison, mais je croyais que j'arriverais à surmonter.

— Tu peux attendre dans la voiture. Tiens, dit-elle encore en me tendant ses clés.

— Merci, je bafouille.

— De rien. Je reviens avec Johntae. OK?

Je me calme dans la voiture en scrutant le contenu Instagram de Tyler. Sur son Snapchat, on le voit en train de boire une bière en faisant plein de grimaces, comme s'il avalait du Destop. Encore un truc avec le gang parce qu'il n'a jamais aimé la bière.

Au bout d'une heure, Faith arrive, suivie de Johntae, la bouche tordue par les vociférations.

— Ouais, putain, t'aurais pu m'appeler, prendre de mes nouvelles. Merde, Faith ! hurle Johntae.

Elle lève les yeux au ciel.

— Je ne t'appartiens pas.

— Hé, Johntae, je lance.

Il est tellement à fond dans ses griefs contre Faith qu'il ne m'a toujours pas remarqué.

— Répète ? Tu viens de dire quoi, là ? s'emporte-t-il.

— Que je ne t'appartiens pas, Johntae, je suis MOI, je ne supporte plus que tu me rabaisses. Ça m'a pris du temps pour piger, mais je vaux mieux que ça. Mieux que ce que tu dis.

Elle lui fait face, le fixe droit dans les yeux, elle reprend sa vie en main, sa liberté.

— OK, je m'en fous ! beugle-t-il en repartant.

— Johntae !

— Quoi, p'tit con ? Tu veux quoi ?

— Où tu vas ?

— Je me tire de Sterling Point. On m'a balancé.

— Balancé ? À qui ? À propos de quoi ?

Il jette un long regard à Faith, noir, agressif, puis claque la langue en me repoussant.

— Fous-moi la paix.

— Tu t'es servi de moi pour sortir de taule, c'est ça ? T'as jamais voulu m'aider ?

Ma gorge brûle tellement je hurle de rage. Le ciel se fige. Johntae ne répond pas, mais ses narines frémissent, son menton remue. J'avance encore d'un pas.

— DIS-LE, JOHNTAE !

— Désolé, mec. J'avais pas le choix.

Son excuse foireuse est comme du pétrole jeté sur les flammes.

— Non. Non ! Je te laisserai pas me faire ça !

L'air que je respire est soudain vicié.

— Rentre chez toi, marmonne Johntae. Tire-toi de cette ville pourrie, ça craint trop ici. C'est pas Disney, c'est le ghetto, putain.

— T'avais promis de m'aider.

— Tu veux la vérité ? Je sais pas où est Tyler, mec.

Et il s'en va, comme si c'était tout ce que je méritais. Je me sens happé au fond de l'océan, avalé dans ses sables mouvants. Ma vue se brouille, je transpire comme un bœuf. Le pire, c'est que je ne suis même pas surpris.

Je le savais. Je m'accrochais à Johntae, mon seul espoir. Maintenant je n'ai plus rien.

Je le rattrape et lui balance une grosse beigne dans la mâchoire. On entend un crac. Il se redresse, crache sur le bitume puis me fixe, un filet de bave au coin de la bouche. D'un geste, il me renvoie son poing en pleine gueule, mon nez explose. Le coup est si fort que je m'écroule. Johntae détale alors en criant :

— T'es pas des nôtres, t'es qu'un bâtard, un suceur de bites.

Je pisse le sang. Faith m'aide à me relever.

— Ça va aller, Marvin ?

— Oui. Qu'il aille se faire foutre.

En vrai, je suis brisé en deux comme une promesse, j'ai juste envie de hurler.

La nuit est calme, on n'entend que mes sanglots étouffés dans les bras de Faith.

Ensuite, elle reprend le volant pour le long trajet du retour. Regarder la lune me berce. Sa luminosité semble porteuse d'espoir. La radio joue *Bounce Back* de Big Sean. Faith a baissé le volume, mais la basse pulse quand même jusque dans ma tête. Bizarrement, mes larmes ont arrêté de couler. *If you're a real one, then you know how to bounce back*, chante Big Sean.

Faith fait tout ce qu'elle peut pour me rassurer. « T'es pas comme eux, Marvin… T'es pas comme Johntae… Tu es bien mieux… T'es un battant, alors continue de te battre… Je suis désolée, tellement désolée pour toi… » Ses petites phrases m'empêchent de couler. Je m'imagine en train de lutter pour retrouver mon frère, je me représente un avenir où tout ce qui vient d'arriver ne sera plus qu'une vaste blague dont on rira lui et moi.

Le ciel est chargé de hiéroglyphes, comme toujours. Ce soir, ils me rappellent ce que Papa m'a écrit dans une lettre. *Même dans tes plus sombres moments, tu trouveras la lumière. Toujours.*

Faith coupe le moteur. On reste assis devant chez moi, silencieux, la radio toujours allumée, en écoutant la respiration de l'autre. La mélodie qui passe est une vieille chanson que jouait mon père.

— Merci encore, je lui dis.

Elle a tellement fait pour moi que je me sens un peu moins seul, un peu moins angoissé. Grâce à sa présence.

— De rien. C'était pas grand-chose. Quand on est dans la mouise et qu'on n'a personne, c'est trop horrible, répond-elle. Je suis contente de t'avoir aidé, Marvin.

— Ah ouais ?

— Oui. Rester des heures sur son lit à errer sur les réseaux sociaux, à chercher des hashtags pour virer les démons qui sont coincés dans ta tête, je connais. On est sur le même bateau. Peut-être qu'on y a toujours été, même quand on ne se connaissait pas.

Le cœur de cette nana est une forêt généreuse et vaste, l'étincelle de ses prunelles en est le reflet. Faith est aussi tellement plus qu'un être de chair, d'os et de beauté.

Je laisse ses mots couler en moi comme de l'eau. Ils me lavent, me régénèrent comme si j'absorbais une pilule d'espoir.

— Le cœur est une éponge, Marvin. Faut l'essorer à deux mains pour faire partir la souffrance. Tu trouveras la force de continuer.

— Tu crois vraiment que mon frère va bien ?

Un chat traverse la chaussée, Faith le suit des yeux.

— Si ton frère te ressemble, c'est aussi un battant… Il est forcément quelque part, mais après ce qui est arrivé à la fête, il en a eu marre de ce merdier et de cette ville. Il a préféré partir.

— Merci. J'avais besoin d'entendre ça.

Faith déboucle sa ceinture, se penche et embrasse avec délicatesse ma joue toujours enflammée par le coup de poing. Ses longs cils papillonnent, elle rouvre les yeux.

— Je t'aime bien, Marvin, beaucoup, même.

— C'est vrai ?

Je n'ai jamais autant fourmillé, ça me picote de partout. C'est tellement ouf d'entendre ces mots.

— Oui. Je te trouve sympa, un peu ringard, et tellement, tellement attentionné. J'adore les efforts que tu fais pour prendre sur toi alors que c'est si dur. Ma mère dit que les garçons sont tous fêlés de l'intérieur et que je serai obligée de les craquer en deux pour voir comment ils sont. Mais toi, t'es différent : t'es vrai.

Je souris, pourtant j'ai mal à la mâchoire.

— Tu sais quoi, Faith, on te l'a peut-être déjà dit : tu mérites de posséder le monde entier. Tu mérites même bien plus : tu devrais avoir tout ce que l'univers a à offrir.

— Ah oui !

Ses fossettes se creusent, ses yeux s'illuminent.

— Oui. T'es canon, t'es incroyable, faudrait être taré pour ne pas s'en rendre compte.

— C'est gentil, Marvin. Ta mère t'a bien élevé.

Son petit gloussement me dit aussi que personne ne lui a jamais parlé comme ça. C'est vrai que Mama m'a appris à aimer ma couleur, à l'apprécier chez les autres.

Faith pose une main sur mon genou. J'ai tellement chaud que le visage me cuit. Les gens ont parfois plus besoin qu'on leur dise qu'ils comptent que d'entendre qu'ils ont de la chance d'être en vie, parce qu'être vivant n'est pas suffisant. J'aimerais pouvoir le dire à Tyler. Dès que je le retrouverai, je lui dirai.

15

Le lendemain, Mama, qui est en congé pour la journée, me conduit au lycée. Le trajet est glauque, sans un bruit sauf le ronronnement du moteur. Le ciel est dégagé, mais je sens qu'il va pleuvoir.

Mama n'arrête pas de jeter des coups d'œil dans ses rétros, à croire que Tyler est sur le bord de route, pouce levé en train de faire du stop. Elle a les yeux rouges comme si elle n'avait pas dormi depuis des semaines. Là voilà qui bifurque à l'opposé de Sojo High. Je dois me secouer, elle a peut-être pété un plomb, ce qui ne va pas tarder pour moi.

— On va où, Mama ?

Nouveau coup d'œil dans le rétro. Elle accélère, grille un feu, s'exclame en disant « Je l'ai vu ! » et pile à la hauteur d'un jeune qui marche sur le trottoir d'en face.

— Tyler ! Tyler ! Tyler !

Le garçon ne réagit pas tout de suite. Il repousse sa capuche, enlève ses écouteurs et cherche autour de lui.

Non, il a le teint plus clair, il est plus grand que Tyler. Il nous regarde, étonné, puis entre dans un café.

Mama fait quelques mètres, se gare, puis éclate en sanglots. Ses pleurs se transforment en gémissements, en crise de nerfs, elle tape sur son volant pour se défouler.

Ne pas pleurer. Interdiction de pleurer.

Je la prends dans mes bras, la serre comme si c'était notre dernière étreinte en ce bas monde. Elle me serre aussi très fort, m'embrasse le front, les joues, comme si j'allais disparaître d'un instant à l'autre.

— Je n'ai plus que toi, Marvin, plus que toi, sanglote-t-elle.

Au bahut, c'est l'enfer, tout le monde me demande des nouvelles de Tyler, des nouvelles de l'enquête et ce que ça fait d'avoir son jumeau disparu. Je sèche deux heures de cours : c'est *too much*. Du coup, je vais me planquer dans la salle de musique, qui est lugubre parce qu'elle ne sert plus. Je fais le vide dans ma tête, je pleure, ça soulage. Je ne déjeune pas non plus avec Ivy et G-mo.

Quand je rentre, Mama est déjà occupée à préparer le dîner – du gratin de brocoli dégoulinant de fromage, le plat préféré de Tyler. Je réalise que ces préparatifs vont lui prendre du temps, car elle s'interrompt régulièrement pour pleurer ou fumer. Je ne pige pas pourquoi elle a choisi de cuisiner ça, mis à part le fait qu'il n'y a rien d'autre dans le réfrigérateur. C'est peut-être sa façon toute maternelle (très Mama) de prier pour que l'odeur flotte jusqu'aux narines de Tyler et nous le ramène à la maison.

Je reste dans ma chambre. Il pleut, j'ai ouvert ma fenêtre, j'écoute le *floc-floc* des gouttes. Ça me détend. Je fixe mon écran d'ordi avec l'espoir de voir les mots jaillir de ma tête pour que ma lettre de motivation au MIT soit rédigée avant l'entretien.

Après dîner, on feuillette les albums photo. Mama sort une photo de Tyler, prise à l'école quand il avait dix ans. Elle l'embrasse, yeux fermés.

On frappe. Des coups familiers. Mama bondit de sa chaise et regarde par l'œilleton comme chaque fois avec la police.

— Marvin, viens. Reste près de moi.

Elle ouvre. La pluie et le vent s'engouffrent. Les inspecteurs Bill et Parker se tiennent serrés sous un parapluie, badge en main, comme si on pouvait les avoir oubliés.

— Bonjour madame, nous pensons avoir retrouvé votre fils Tyler.

Mama ébauche un sourire, porte la main à sa poitrine puis se signe :

— Merci, mon Dieu. Il est où ?

— Nous sommes au regret de vous annoncer que son corps a été retrouvé près du lieu-dit la Chiffonnerie. On souhaite que vous veniez l'identifier.

Je suffoque. Mama s'écroule, hurle comme une damnée à la torture, ses pleurs vont irriguer la Terre, elle est la douleur personnifiée.

Je la ramasse, elle me repousse, puis son corps se ramollit, une vraie poupée de chiffons. Les vibrations de sa voix contre mon épaule transpercent mes organes. Les larmes me brouillent la vue, je cille, cille pour les chasser, mais c'est le chaos chez moi. Une apocalypse se déchaîne, je vais me désintégrer.

C'est vrai ? Non, ce n'est pas réel. J'essuie ces foutues larmes, mais elles reviennent tout le temps. Mama me bourre de coups de poing sur la poitrine.

— On peut entrer ? demande l'inspecteur Bill.

Je l'y autorise, puis guide Mama jusqu'à la cuisine. Ses jambes se dérobent, refusent d'avancer droit. Les deux policiers nous suivent. Ils sont calmes, si calmes.

— Mon petit, mon bébé, pleure Mama.

— Je suis désolé pour vous, assure l'inspecteur Bill.

— Oui, madame Johnson, ajoute Parker, je sais que ce n'est pas la nouvelle que vous attendiez, mais sachez que toute la lumière sera faite. Il n'y a pas encore eu de rapport de police, notre équipe se charge de collecter les détails en ce moment même.

Ses paroles n'apaisent pas Mama et n'empêchent pas mes tripes de se tordre comme si je cramais de l'intérieur.

Quelle violence inouïe. Tyler n'avait pas disparu, il était mort. Une partie de moi s'en est allée avec lui. Je n'arrive pas à le croire. Notre mémoire commune sera maintenant amputée d'une facette, il n'y aura plus que moi pour assembler les petits détails, sans lui pour nuancer ma version.

Une boule reste coincée dans ma gorge, je ne sais plus avaler.

C'est trop injuste. Pourquoi Tyler et pas un autre ? Merde, pourquoi lui et pas moi ?

— Nous pensons que sa mort est liée à la bagarre qui a éclaté entre les membres du gang, le soir où nous avons arrêté Johntae Smith et deux mineurs.

Les mots s'entrechoquent avec les pleurs de Mama.

— Accepteriez-vous de venir reconnaître le corps maintenant ?

— Faut que je le voie, oui, faut que je voie si c'est vraiment mon bébé, dit Mama, brisée.

Cette fois-ci, ce sont les deux policiers qui nous précèdent jusqu'à leur voiture noire. L'intérieur sent la menthe et le café. On échoue sur la banquette arrière avec nos larmes. Je garde la main de Mama dans la mienne.

Le trajet vers la morgue est un long chemin de croix. À l'arrivée, l'inspecteur Bill nous ouvre la portière, Parker nous escorte jusqu'à l'entrée. Mama avance lentement, je garde les yeux rivés sur le bâtiment de brique rouge, il me flanque la chair de poule. À chaque pas, j'étouffe un peu plus. On me pousse dans le dos, c'est l'inspecteur Bill qui nous a rejoints.

Une odeur de Javel m'agresse. Une odeur d'hôpital. Je m'attendais à des effluves de mort, de sulfure et d'œufs pourris. C'est tellement puissant que je me couvre le nez.

Deux personnes en blouse blanche se présentent. M. Garcia, Mme Collins. On les suit le long d'un couloir de portes jusqu'à une petite salle exiguë avec un mur de verre. Au centre, quatre chaises autour d'une table.

Mama et moi, nous asseyons d'un côté, M. Garcia et Mme Collins, de l'autre. Elle ouvre une chemise cartonnée.

— Il est où ? Quand est-ce que je le verrai ? J'ai besoin de le voir, dit Mama, lèvres et jambes tremblantes.

— Son corps est dans la pièce voisine, répond M. Garcia.

— Je veux le voir, je veux le voir, répète Mama, encore et encore.

— C'est peut être moins traumatisant de voir une photo, propose M. Garcia.

— Non, je veux le voir ! je lance à mon tour, à demi conscient.

— Entendu, répond-elle en écartant le dossier. M. Garcia va vous montrer le corps et le rapport d'autopsie.

Je déteste qu'ils le désignent par « le corps ». Mon cœur s'arrête, repart, puis s'arrête à nouveau chaque fois que j'entends ce mot.

— Je vous accompagne, je répondrai aux questions que vous pourriez avoir pendant l'identification, précise M. Garcia.

Un grand silence s'abat sur nous quatre.

Il se lève pour nous tenir la porte. J'inspire tellement souvent que mes poumons pèsent une tonne. Mama tremble de la tête aux pieds, comme si on venait de la placer dans un compartiment à glaçons. Je suis dans le même état.

— C'est ici, nous dit M. Garcia en ouvrant une autre porte.

Il fait froid, un moteur invisible de climatiseur ronronne. Nous avançons jusqu'à une table à roulettes avec un drap bleu.

Je ne peux plus bouger. Je ne peux plus respirer. Je ne sens plus rien. Les tremblements de Mama deviennent des secousses.

M. Garcia rabat le drap. Je ferme les yeux. Je ne veux pas voir. Je ne peux pas voir ça.

— Mon Dieu, crie Mama.

Sa voix se brise en mille morceaux.

Je déglutis, ensuite je regarde.

Le garçon allongé sur la table est Tyler, mes yeux le disent, mon cerveau le dit. Le même front haut. Le même nez. C'est lui et ce n'est pas lui. Ses yeux sont trop brillants, trop clairs, pas le brun dont je me souviens. Sa peau est différente, davantage celle d'un mannequin de plastique grisâtre. Il a la bouche ouverte, comme s'il rendait son dernier soupir. Il y a encore de la boue, de l'herbe et du sang dans les cheveux.

Mes boyaux se tordent.

Mama se penche sur Tyler, sans le toucher, juste pour le regarder, imprimer dans son esprit qu'il ne reviendra jamais ou alors avec l'infime espoir que ce n'est peut-être pas lui.

M. Garcia saisit une liasse de papiers puis revient vers nous, crayon en main.

— Est-ce bien Tyler Johnson ?

Je ne peux pas répondre.

— C'est mon fils, dit Mama.

C'est mon frère.

M. Garcia commence à lire le rapport d'autopsie.

— On a relevé trois impacts de balles sur le corps. Un à la poitrine, près du cœur, deux dans la région de l'abdomen. Les trois balles extraites appartiennent toutes à la même arme, un Glock calibre 22.

Je vais vomir, m'évanouir, les deux.

Je cours dehors dégueuler sur les marches. Tout ce que j'ai mangé ressort, toute l'eau de mon corps dégouline par mes yeux.

J'ai mal, je pourrais mourir.

Les deux inspecteurs nous reconduisent à la maison. Peut-être que durant cinq minutes on ne pleure plus. On reste assis là, sur le canapé, le regard vide, lumières éteintes, pelotonnés l'un contre l'autre, comme Tyler et moi lorsqu'on était petits.

C'est le néant. Je ne sais pas quoi faire. Je ne pense à rien, je refuse de penser qu'il est parti. Ça m'irait de rester serrés tous les deux pour toujours.

16

Le lendemain, Mama ne sort pas de sa chambre. Je l'entends pleurer derrière sa porte fermée. Je me traîne jusqu'au canapé, j'allume la télé. Les images me distraient de ma nouvelle réalité. Une réalité dans laquelle je vis, et pas mon frère.

J'envoie un texto à G-mo et Ivy pour les tenir au courant. Ils me surprennent en débarquant à la maison avant la fin des cours. Ils pleurent, leurs mains tremblent, j'ai l'impression qu'ils n'osent pas me regarder dans les yeux. Soudain, comme si les mots étaient trop pesants, Ivy se lance en bégayant :

— Marvin… Y a une vidéo en ligne.

— Une vidéo ?

C'est un cauchemar ou quoi ?

— Ça vient d'un compte anonyme. C'est devenu viral, mec, ajoute G-mo.

Je sors mon portable, j'essaye d'oublier que c'est celui que je partageais avec mon frère. Mes jambes me lâchent, je me rassois pendant que G-mo télécharge la vidéo.

— On s'est dit que tu voudrais la voir, murmure Ivy.

Ils s'installent en face de moi. C'est peut-être dans ma tête, mais j'ai l'impression que les murs du salon se referment sur nous.

J'appuie sur *Play.*

C'est lui. Il fait nuit, Tyler avance, passe dans le halo d'un lampadaire. Il marche mains en l'air. J'entends sa voix qui répète « Laissez-moi tranquille, je rentre chez moi. Je veux juste rentrer chez moi. » Un policier en uniforme se tient dos à la caméra. Tyler se tourne vers lui. Mon frère, sa tête, son corps, vivants. Il repousse le policier à deux mains. Après ça, le *Bang* d'une arme. *Bang, bang.* La caméra vacille, l'image s'obscurcit.

J'entends les coups de feu.

Bang ! Un.

Je m'étrangle.

Bang ! Deux.

J'étouffe.

Bang ! Trois.

Non, non, non, non, non. C'est. Pas. Vrai.

Je fixe l'écran noir. Mes poumons se gonflent et dégonflent à toute vitesse, ma gorge râpe, un roc bloque mes tripes.

— C'est pas lui, c'est pas possible.

J'éclate en sanglots. Mes mots tombent, pêle-mêle, mouillés. Je voudrais me faire engloutir. La réalité s'insinue dans ma tête, grain par grain, comme dans un sablier.

Tyler est parti.

Je veux juste rentrer chez moi. Les derniers mots de mon frère tournent en boucle, me font trembler de peur, de chagrin. Je pourrais encore vomir parce que j'ai l'estomac au bord des lèvres.

Oui, je suis malade.

Je fonce dehors, j'enfourche mon vélo, je me taille à toute allure. Je ne sais pas où. Faut juste que je parte quelque part où je ne penserai plus à cette vidéo, à mon frère mort sous les balles d'un flic, à un monde sans Tyler.

J'ai besoin d'un endroit où je me sentirai en sécurité. Les larmes jaillissent en continu, le vent les dessèche. Autour de moi, tout est flou, tordu, ça redevient net quand j'arrive chez Faith. Deux voitures sont garées dans l'allée, elle n'est pas seule. Je m'en fiche, j'ai besoin d'elle.

Ma tête bourdonne, j'ai la gorge aussi sèche que si j'avais avalé une caisse de crackers salés. Je toque à sa porte, prostré, j'attends qu'elle m'ouvre.

— Marvin. Mon Dieu, dit Faith dès qu'elle me voit

J'entre, je lui raconte tout. Mes mots se mélangent aux sanglots, aux hoquets, c'est long, mais elle se montre patiente, rassurante avec sa main qui me caresse le dos. Quand je lui montre la vidéo, elle tique, horrifiée.

Une paire d'yeux bruns frangés de longs cils surgit devant moi. La mère de Faith.

— Parle, mon garçon, prends ton temps, dit-elle en posant aussi la main sur mon épaule.

Elle ne me connaît pas, je m'en fiche, elle aussi.

— Je ne sais pas ce que je dois faire, je répète en boucle.

La vidéo est tatouée dans ma tête et se joue, encore, encore. Je ferme les yeux pour la chasser, je n'y arrive pas. Putain, je n'y arrive pas.

Bang ! Un.

Je secoue la tête.

Bang ! Deux.

Tyler inspire une dernière fois.

Bang ! Trois.

Je vomis dans une petite poubelle. Je suis incapable de contrôler ma tête ou mon estomac. Statufié. Incapable de bouger. Juste bon à pleurer, vomir, pleurer, vomir encore.

— Marvin, je suis tellement désolée pour toi, dit Faith.

Elle pleure aussi, me serre dans ses bras. Sa mère me propose du thé bien chaud. Je réponds, non merci. Elle a d'abord l'air déçu, puis elle me dit d'une voix douce :

— L'homme qui a tué ton frère sera puni.

C'est sûrement pour me rassurer, mais ça m'abrutit. Je me sens complètement stone, même plus dans la peau d'un être humain. Faith et sa mère continuent de me réconforter.

— Y aura une enquête. Justice sera faite. Je suis de tout cœur avec toi, Marvin, dit sa mère. Tu as toute ma sympathie.

Je ne la mérite pas. Si quelqu'un mérite de la sympathie, c'est Mama. Je commence à regretter de l'avoir laissée seule. Je n'y ai pas pensé en partant. Elle a besoin de moi, j'ai besoin d'elle. Maintenant plus que jamais.

Je repars de chez Faith. Le ciel est pâle, étoilé, mon estomac est un sac de bile, j'ai trop mal pour pleurer. Quand j'arrive à la maison, G-mo et Ivy sont toujours là, avec Mama. Au premier coup d'œil, je devine qu'elle a vu la vidéo. La télé est allumée, volume très bas. Sur l'écran défilent les derniers instants de mon frère. Tyler Johnson est devenu un sujet d'actualité. Ça me bouffe qu'on étale sa mort sur la place publique. Mon frère n'aurait pas voulu ça.

Des emballages de plats chinois à emporter traînent sur la table basse. L'odeur de sauce soja et de riz gluant me rappelle que j'ai faim et que je dois m'alimenter parce que je suis encore vivant, même si Tyler ne l'est plus.

— Hello, Marvin, lance G-mo.

Il est assis à côté de Mama. Elle est calme, silencieuse, le regard fixe. Je le remercie et rejoins Mama. Je fais de mon mieux pour ne pas craquer à nouveau. J'ai tant à dire, mais mon cerveau est engourdi. Comme je n'arrive pas à l'enclencher, je garde juste la main de Mama dans la mienne.

Assise par terre, Ivy feuillette un vieil album photo. On nous voit, Tyler et moi, en train de jouer aux policiers et aux voleurs avec Papa. On est en culottes courtes, avec des pistolets à eau, Papa nous court après.

Des frissons de nausée et d'angoisse rampent. La douleur s'en ira-t-elle un jour ?

Après le départ de mes amis, on reste au salon, comme deux épaves. Mama téléphone à Conaway pour lui demander s'ils arrêteront celui qui a fait ça. Est-ce qu'ils ont bien l'intention de le coffrer ? L'inspecteur parle de la vidéo, de Tyler, de l'enquête, des procédures habituelles, mais Mama ne se laisse pas balader. Elle reste au téléphone pendant des heures. Quand elle raccroche, dépitée et brisée, elle décide de regagner sa chambre. « Besoin d'être seule », marmonne-t-elle.

Je ne sais pas pourquoi, mais je relance la vidéo. Chaque fois que je la regarde, j'ai l'impression qu'on me découpe au bistouri sans anesthésie. Je remarquerai peut-être un truc nouveau – ou bien un truc pire – à force ? Aux nouvelles télévisées, ils qualifient ça d'« événement », d'« altercation ». C'est la première fois que j'entends une connerie pareille pour un meurtre. Ça n'a rien d'une altercation, mec, c'est une putain de tuerie. Un assassinat. Le nom du policier est sur toutes les chaînes : Thomas Meredith. J'ai envie de gerber.

J'éteins la télé. J'évite de fureter dans les hashtags pour ne pas plonger tête la première dans cette fosse à venin. Je sais que des Blancs m'attendent au tournant pour me couler dedans, m'asphyxier, me réduire au silence.

À la dixième fois, j'ai besoin d'une pause sinon c'est l'attaque. J'arrête la vidéo. Je tombe sur les notifications de mon fil Twitter : #PrayersForTylerJohnson, #EndPoliceBrutality, des hashtags répressifs aussi comme #BlueLivesMatter. Cliquer dessus déclenche une avalanche de posts, de photos, de vidéos avec des témoignages, des liens vers d'autres cas similaires. C'est écrasant.

Y a aussi tellement de #AllLivesMatter débiles que ça me fout la tremblote. Tous ces gens qui ignorent que les Noirs n'ont jamais été inclus dans le *All*. *All-American* veut dire Blanc. *All-inclusive* veut dire Blanc. *All lives* veut dire vies de Blancs. Du pipeau tout ça. Les Blancs ne se soucient que d'eux-mêmes, ça me rend dingue qu'ils camouflent leur haine derrière ces posts.

Le pire, c'est quand même le nombre de photos de Tyler qui circulent sur les réseaux sociaux, dont certaines que je n'ai jamais vues : en costard-cravate, en vêtements de tous les jours, il y a des zooms de son visage, y en a même qui ressemblent à des photos judicaires alors qu'il n'a jamais été arrêté. Des gens disent qu'avec un père criminel comme le nôtre, un monstre à cornes, Tyler avait de qui tenir. Le venin anonyme des réseaux sociaux.

Je lis des commentaires.

Il serait encore vivant s'il n'avait pas eu un sac de dope sur lui.

Fuck *les Noirs. #WhiteLivesMatter*

On dirait qu'il s'enfuit avec la caisse.

Mauvaise graine. Faut pas chercher plus loin, c'était un Black.

Tyler ≠ de la mauvaise graine.

Tyler = généreux et adorable.

Tyler = mon frère, tu as été tué.

Il y a également des posts et leurs chaînes de réponses plus sympas, plus humaines, mais ça me fait quand même mal de les lire.

Tyler, t'es mieux là-haut. Le paradis n'est pas raciste.

C'était un dieu du basket. Tu vas me manquer, mec. #RIPBro

Tu méritais mieux que ça. Je prie pour ta famille.

C'est toujours autant la zizanie dans le monde. Le monde réel. Le monde en ligne. Je n'en fais plus partie, je ne sais même plus qui je suis. Plus je lis et je regarde les photos, plus je me sens monstrueux.

J'essaye de dormir, sauf que je n'arrive même pas à fermer les yeux. Moi, j'ai les yeux grands ouverts sur mon lit. Tyler aussi, mais à la morgue.

17

J'aurais envie de rester sur mon lit à regarder mes épisodes de *Campus Show* pour faire barrage au monde extérieur, mais je ne peux pas. Alors je ne le fais pas. Je garde dans un coin de la tête l'infime espoir que Sojo High m'aidera à y voir plus clair. Que le lycée m'apportera une distraction.

Je ne lis pas les messages de mon portable.

G-mo et Ivy passent me prendre pour qu'on fasse la route ensemble. Ivy croque des Oreo. Je me souviens d'une discussion avec Tyler sur ces biscuits : il soutenait que les Fudge Rounds étaient meilleurs. Tyler a toujours eu des goûts de chiotte. Mon cœur se serre.

Quand je passe les portes du lycée, les élèves s'écartent comme la mer Rouge devant Moïse. On me regarde de la tête aux pieds en chuchotant.

— Monsieur Johnson.

C'est le principal qui m'a rejoint aux casiers.

— Quoi ?

C'est sorti un peu vite et surtout, de façon très insolente. Tant pis. De toute façon, Dodson est un connard et je n'ai pas envie de lui parler maintenant. Il tient un mug de café à la main.

— Vous êtes prêt pour aujourd'hui ? me dit-il, le nez en l'air.

J'hésite à me barrer, puis je me ravise.

— Autant qu'on peut l'être, monsieur.

— Très bien. Continuez, Johnson.

En première heure d'anglais, Mme Tanner y va mollo avec nous, elle lance un débat d'idées sur les thèmes traités dans *Antigone* et *Œdipe Roi.*

Mais Tyler.

Mon jumeau est parti.

— Guillermo, vous dormez. Au tableau !

G-mo se lève. Il choisit un feutre orange fluo, on ne voit rien de ce qu'il écrit. *Puissance*, choisit-il comme premier thème qu'il écrit en grosses lettres rondes, genre graffiti.

La prof envoie ensuite une nouvelle qui est au lycée depuis quelques semaines. Elle écrit *Le rôle des femmes* d'une petite écriture.

— Monsieur Johnson, vous voulez bien compléter la liste ? me demande Mme Tanner.

D'une main tremblante, j'écris au marqueur noir ce qui me vient à l'esprit : *Détermination. Avidité. Haine. Mort. Destin.* Comme si Antigone et moi, c'était pareil. Les thèmes de son histoire sont aussi les miens. La classe entière me fixe. Longues secondes d'agonie.

Je retourne m'asseoir. On me suit encore des yeux comme si j'étais devenu le mec le plus populaire du bahut à cause de mon frère.

— Merci, monsieur Johnson. Ce sont là des thèmes essentiels dans vos vies, à tous, conclut la prof. Puissance, avidité, haine, détermination, destin, mort. J'ajouterais volontiers libre arbitre. Vous y êtes confrontés au quotidien. Notre société se caractérise par une quête de pouvoir, assoiffée pour certains. Avidité, appât du gain en découlent... Malheureusement, certains d'entre nous apprennent à leurs dépens l'écart qui se crée entre initiative personnelle et destinée. Comme Antigone.

Mme Tanner retourne s'asseoir et nous dicte les devoirs. La cloche sonne. Je sors de classe sans un mot. C'est l'heure de mon entretien avec l'examinateur du MIT. Je sais que ça ne se passera pas bien. J'ai oublié de me mettre dans la peau de celui qui veut devenir quelqu'un. Et je suis en retard.

18

J'ai deux minutes de retard quand j'arrive au labo B252, réservé pour l'audition du MIT. Des petits panneaux ont été placardés sur les portes du couloir pour annoncer d'autres universités de l'État ou d'ailleurs : University of Chicago, Florida State University, Cornell… Certains sont décorés de ballons et de drapeaux.

Je m'apprête à franchir une étape vers l'avenir, un pas que Tyler ne vivra jamais. J'ai le goût de l'angoisse sur la langue. L'homme qui m'attend est blanc, grisonnant. Je sais déjà que ça va être dur. Il me tend la main.

— Bonjour. Dave Ross, enchanté. Marvin Johnson, n'est-ce pas ?

Il sourit à s'en décrocher la mâchoire, comme s'il était choqué qu'un jeune Noir vienne le trouver.

— Oui, c'est moi.

Il farfouille longuement dans ses papiers.

— Il semble que je n'aie pas votre lettre de motivation, monsieur Johnson.

— Oui, pardon monsieur. Je voulais l'envoyer avant la semaine des entretiens, mais je n'ai pas pu.

— Ah. Vous n'êtes pas sans savoir que le MIT sélectionne uniquement les candidats très motivés, n'est-ce pas, jeune homme ? Nous attendons un engagement total des étudiants.

Bien sûr. Je voudrais lui expliquer ce qui m'arrive, mais je ne le fais pas. La sueur se forme sur chaque centimètre carré de mon corps.

— Alors. Pourquoi vous plutôt qu'un autre, monsieur Johnson ? Expliquez-moi.

— Je ne sais pas... Ça a toujours été mon rêve d'entrer au MIT, pour changer le monde, pour montrer aussi aux autres de quoi je suis capable. J'ai souvent l'impression qu'on doute de moi, alors je veux leur prouver qu'ils se trompent.

— Hum. Vous n'imaginez pas le nombre de fois où j'ai entendu ça, murmure-t-il en fronçant les sourcils.

Une première banderille de la défaite m'embroche.

— Je reformule ma question : qu'attendez-vous du MIT ?

— Un enseignement de qualité.

— Vous le trouverez aussi ailleurs. Développez. Pourquoi le MIT ?

Mon dos colle au dossier comme une éponge mouillée.

— Parce que c'est cette école que je veux, pas une autre. Je rêve d'entrer au MIT depuis toujours. Pour défier les statistiques, devenir quelqu'un de bien, suivre les meilleurs cours de tous les États-Unis.

— C'est davantage ce que je voulais entendre, monsieur Johnson. Vos parents en pensent quoi de votre rêve ?

Ah. L'image de Dodge qui m'avait conseillé de ne surtout pas déconcerter l'examinateur jaillit en moi. Je choisis la vérité.

— Mon père est en prison pour un crime qu'il n'a pas commis, parce que notre justice est corrompue. Alors parfois, j'ai l'impression de ne même plus avoir de père.

Il m'adresse un sourire comme s'il était désolé, mais ses sourcils se froncent.

— Et votre mère ?

— Elle n'est pas au courant de l'entretien.

— Ah bon, pourquoi ?

— Disons que son esprit est ailleurs, je soupire, en réalisant que le mien aussi.

— Où donc est son esprit ? Un problème de drogue ?

N'importe quoi. Je me sens soudain à l'étroit dans mon T-shirt.

— Non monsieur.

— De quoi s'agit-il alors, monsieur Johnson ?

Je ferme les yeux. Tyler apparaît gisant sur sa table de métal. La vidéo se déclenche. Sa voix déferle dans la pièce comme le sang dans mes veines.

Bang !

Bang !

Bang !

Je refoule mes larmes.

— Son esprit est accaparé par mon frère, monsieur. Il est mort. Non : il a été assassiné.

— Je suis désolé pour vous, monsieur Johnson.

Silence. Je le remercie d'un signe de tête en essayant d'ignorer l'acidité dans mon estomac.

— Votre frère vient de mourir et vous êtes ici ? ajoute-t-il en rebouchant son stylo. Cela en dit long sur votre caractère, monsieur Johnson. C'est très courageux de votre part.

Fuck pour ça. J'emmerde le courage. *Fuck* pour tout. Maintenant je me sens nul à chier, parce qu'il a raison. Je suis ici pour ce putain d'entretien alors que mon frangin est mort.

— Vous aimeriez reprogrammer l'entretien ? Pour un Afro-Américain avec un tel dossier : excellentes notes, recommandations élogieuses, résultats quasi parfait au SAT… Je suis prêt à vous donner une deuxième chance. Nous avons besoin d'étudiants comme vous, monsieur Johnson.

Je me force à oublier son couplet vous-êtes-plutôt-intelligent-pour-un-Noir.

— Non, je crois pas que ça soit une bonne idée.

— Je vois… Je vous propose autre chose alors : comme la première partie du dossier est à rendre pour le 1er janvier, vous me l'envoyez. S'il est impressionnant, ce dont je ne doute pas, je serai très heureux d'appuyer votre candidature. Je ne le propose jamais avant d'avoir lu la lettre de motivation, mais votre profil semble parfaitement convenir au MIT. Et vous contribuerez à diversifier le corps étudiant. On fait comme ça ?

J'essuie mon visage dégoulinant, j'ai les oreilles qui bourdonnent, mais je me sens soudain très calme.

— D'accord. Tout sera prêt d'ici là.

— Très bien, monsieur Johnson.

On se serre la main, je m'en vais. Mon portable vibre dans ma poche. Je voudrais que ce soit Mama, ou bien Ivy et G-mo qui me demandent comment s'est passé l'entretien, mais non, c'est juste une notification Twitter de nouveau follower : Faith me suit à présent.

19

Date : 16 novembre 2018
Destinataire : Marvin D. Johnson (mon fils)
De : Jamal P. Johnson
Numéro d'écrou : 2076-14-5555
Message : Mon garçon,

Les mots manquent pour exprimer ma douleur. Toi aussi tu es en peine, je le sais.

Certaines personnes essayeront de te convaincre que tu ne mérites pas de vivre. Que tu ne mérites pas d'exister.

Ils méprisent ta voix. Ils te musèlent. Ils seraient même prêts à t'éliminer de ce monde.

Malgré tout ça, Marvin, tu dois te battre. Te battre pour te souvenir que tu comptes. Que tu mérites de vivre. Que ta voix est digne d'être entendue.

Quand la terre entière se ligue pour t'enfoncer, cela devient même une lutte de chaque jour. Mais tu dois résister. Si tu laisses tomber tu renierais qui tu es vraiment.

Tyler est parti. Moi, son père, ton père, je n'aurais pas dû être ici mais auprès de lui pour le protéger. Je suis désolé, Marvin. J'aimerais faire mieux pour toi.

Je sais que tu éprouves de la colère, de la haine pour celui qui nous a enlevé Tyler. Mais ne laisse pas cette rage te consumer, sinon ce policier aura aussi réussi à voler ta propre vie.

Je t'aime, mon fils.

Sois fort.

Daddy.

Si tu as un frère et qu'il meurt, tu fais quoi ? Tu cesses de dire que tu en avais un ? Tu considères qu'il appartient à ton passé et tu commences à l'oublier ?

Je me souviens d'énormes manifs qui se sont tenues après les assassinats de Noirs ou de personnes de couleur. Il faut que j'organise ça, moi aussi. Je veux que les gens soient conscients de ce qui est arrivé à Tyler. Je dois faire entendre ma voix, ne plus me taire, ne plus rester isolé dans mon coin comme si j'attendais que les choses s'arrangent toutes seules.

Le lendemain, je passe la journée à la maison avec Mama, l'ordi allumé mais collé contre moi pour qu'elle ne voie pas mes recherches sur Google. Je veux savoir comment on déclenche une manif. Pleurer et me lamenter ne me ramènera pas Tyler.

Je suis scotché à l'écran. Il y a des tas de conseils : clarifier le but, choisir un jour et un lieu qui rassemblera le plus de monde, garder à l'esprit que même si on cherche à me torpiller, j'ai autant le droit de me faire entendre qu'un autre. Certains sites disent aussi qu'il faut demander une autorisation de manifester mais qu'elle n'est pas toujours accordée. Le plus important, c'est de s'assurer que les gens sont au courant. Twitter, Facebook, Tumblr, les réseaux sociaux en général, jouent un rôle majeur dans la propagation de l'info.

Je passe ma journée à creuser les soulèvements les plus emblématiques comme la révolution égyptienne de 2011 et les manifs Black Lives Matter. Je trouve aussi le nom d'un contact : Albert Sharp. Il coordonne les actions populaires en matière de libertés civiques et d'injustice à Sterling Point. Le meurtre de mon frère en fait partie. Je lui envoie un mail. Albert Sharp est la personne indiquée pour m'aider à planifier une marche pour Tyler. Je transpire rien que d'y penser.

—

Ivy et G-mo passent à la maison après les cours. Ils arrivent avec des frites, des M&M's et des ragots. Ça va du cancan habituel aux mensonges sur Tyler qu'on décrit comme un voyou professionnel.

Je ferme les yeux et pratique les mouvements respiratoires qui calment.

— T'arrives à dormir ? me demande Ivy.

— Oui.

Non. Je n'ai pas fermé l'œil. Cela me trotte dans la tête, dans la poitrine, dans l'estomac et ça refuse de s'éteindre. J'ai fixé le plafond et la pendule toute la nuit en espérant sentir la présence de Tyler.

Cette putain de vidéo n'arrête pas.

Bang ! Bang ! Bang ! Je deviens fou.

— T'as pas besoin de mentir, Marvin. Pas avec nous, dit Ivy en me prenant la main.

J'essuie mes yeux. L'air me brûle.

— Ça me rend dingue de rester là sans rien faire.

— Tu veux faire quoi ? demande G-mo.

— J'sais pas trop. J'ai cherché comment on lance une manif, j'ai vu le nom d'un mec, Albert Sharp… J'sais pas.

On reste encore un moment à discuter. Mama sort de sa chambre, sans rien dire. Elle erre dans le salon, cheveux pas coiffés, yeux cernés jusqu'au milieu de la figure. G-mo et Ivy la saluent mais elle ne répond pas. Elle se bat avec son briquet sans parvenir à allumer sa cigarette. Mon cœur se serre quand je la regarde… Sauf que ce n'est pas elle que je vois, mais son ombre : la vraie Mama est partie, comme Tyler.

Je ne peux pas sombrer. Je dois réagir pour rendre justice à mon frère. Annoncer au monde entier qu'il a été assassiné. Faire résonner son nom. Tyler le mérite. Tyler l'aurait voulu.

Mama s'assoit près de moi. Je me sens soudain oppressé. Merde, merde, merde.

— Il n'est plus là, je murmure.

Je craque. Mama me serre la main très fort comme si elle cherchait à parler sans passer par les mots, pour dire d'une pression de doigts *On est dans le même bateau.* Comme si elle s'efforçait de revenir à la vie.

Un bandeau en lettres rouges surgit à la télé :

STERLING POINT, L'OFFICIER DE POLICE QUI A TUÉ TYLER JOHNSON A ÉTÉ ARRÊTÉ.

— Enfin… Je veux qu'il paye pour ce qu'il a fait, dit Mama.

Une photo du policier apparaît à l'écran. Un blond dégarni aux yeux bleu réfrigérants et à la moustache jaune. Son visage restera gravé à jamais dans ma mémoire. L'homme qui m'a privé de Tyler. L'homme qui a jugé mon frère de façon arbitraire, mon alter ego, un être humain doté d'âme. L'homme qui a décidé de le biffer par haine ou à cause de ses propres démons.

Je vais hurler ou vomir si je le regarde trop longtemps, mais je n'arrive pas à détourner les yeux. Faut que j'affronte son image, comme Tyler avant moi. Ce flic est le dernier à avoir vu mon frère vivant. Je n'ose pas imaginer ce que Tyler a éprouvé : la douleur des balles qui ont transpercé sa chair, le choc en heurtant le bitume avec, pour seul témoin, son meurtrier.

Je suis soudain écartelé. J'ai entendu cette histoire si souvent. Trop d'innocents tombent sous les balles de la police. Pas de mise en examen. Pas de condamnation. Aucune punition… Je devrais pourtant me réjouir, non ? Le policier qui a tué Tyler est mis en examen, mais il est aussi en vie… Pas mon frère.

Ivy et G-mo se lancent des coups d'œil, Ivy répond en secouant la tête. On dirait qu'ils ont une conversation télépathique.

— Qu'est-ce qui se passe ? je demande.

— La colère monte de partout, mec, répond G-mo.

— Quel genre ?

— Ben… Certaines personnes ne sont pas contentes qu'il y ait de la colère justement.

— Explique-toi, G-mo.

Mama pompe sur sa cigarette, les yeux rivés à la télé.

— Lis, c'est sur Twitter.

Je cherche dans les Tweets… Ça va maintenant au-delà de la simple calomnie de messages qui affirment que Tyler le méritait. Des Tweets soutiennent que la police a le droit de se défendre contre des voyous de son espèce. Il y a aussi une vidéo d'un mec du lycée, Lance Anderson. On le voit entouré de connards comme lui, tous en chemises blanches, face à la caméra, clamant haut et fort que c'est une honte de punir des policiers qui nettoient la ville. Lance Anderson appelle à une manif en faveur du flic qui a descendu Tyler. Elle est prévue le jour de Noël.

Mon cœur cogne fort, très fort. Il n'y en aura donc jamais assez pour ces Blancs ? Ces racistes qui trouvent toujours le moyen d'empirer la réalité, de justifier la haine ? Nous ne leur avons jamais donné de raison de nous haïr, mais ils s'en contrefichent. Ils sont fragiles, ils craignent tellement les gens différents qu'ils ont besoin de déverser leur fiel pour se sentir vivants, importants.

— Je suis désolée que t'aies à voir ça, dit Ivy.

— Pourquoi ça existe une merde pareille ? s'énerve G-mo. Les gens sont donc si cons ? Putain, j'arrive pas à croire que Lance soit aussi enfoiré. Pardon pour les gros mots, madame Johnson.

Ivy a l'air sur le point de balancer des coups de boule.

— Pourquoi certains Blancs refusent de reconnaître la brutalité policière ? dis-je. Pourquoi est-ce qu'on compte si peu pour eux ?

— Brutalité policière n'entre même pas dans leur vocabulaire, ajoute Ivy, dépitée.

Mama se lève pour téléphoner à tante Nicola depuis la cuisine. Ses pleurs recommencent, ça me flanque le bourdon.

Je voudrais qu'on m'offre une dernière chance de parler à Tyler, de voir son sourire, d'entendre son rire, je voudrais pouvoir le sauver, lui dire combien il était le meilleur de notre équation.

Je me souviens de nos dimanches, quand Mama nous envoyait au catéchisme. La dame du caté disait souvent à Tyler qu'il était un prophète, qu'il deviendrait un porte-parole du Seigneur, et qu'il rassemblerait les croyants. Tyler s'en vantait sur le chemin du retour.

Ça me fait sourire et pleurer. Et ça me fait mal.

G-mo et Ivy repartent assez tard. Une fois au lit, j'envoie un texto à Faith pour lui parler du trou béant qui me consume à chaque seconde de mes journées. Elle répond aussitôt : « Je passe te prendre ».

J'enjambe la fenêtre quand j'entends le moteur de sa voiture. On roule d'abord en silence, j'en ai besoin, ça me fait un bien fou. On passe devant une série d'immeubles délabrés, mangés par les mauvaises herbes, couverts de vigne vierge et de graffitis. Je leur trouve un air penché, rétracté, comme si les constructions du ghetto voulaient s'éloigner d'ici et revenir vingt ans en arrière.

Le quartier est encore plus moche de près. La décrépitude saute à la figure, surtout la nuit, quand tout baigne dans l'obscurité et la violence. C'est si brutal, si cru. Des garçons, tous habillés en noir, s'agglutinent autour des bouches à incendie. Non parce qu'ils seraient curieux de voir le résultat s'ils les tournaient mais parce que les bornes sont de formidables cachettes pour le fric et les armes. Une fois de plus, je me jure de partir d'ici.

— Merci pour la balade, Faith.

— Oui, c'est cool, répond-elle en s'arrêtant au feu.

Elle ne quitte pas la route des yeux, repousse une mèche qui tombe sur son beau visage caramel. Ça me donne la chair de poule… Je ne devrais pas. Je me sens coupable de l'apprécier alors que mon frère est mort.

Je m'absorbe dans la contemplation des étoiles… Encore raté, j'ai l'impression d'être piégé dans mes tunnels obscurs parce que je suis né dans ce ghetto, avec cette couleur de peau, ce destin. Je me demande comment je trouverai le courage de poursuivre le chemin.

Faith s'éclaircit la gorge et descend sa vitre. L'air frais entre.

— Marvin, tu sais, je suis sincèrement désolée, j'ai mal pour toi. J'espère que le policier sera condamné à perpétuité.

— Moi aussi.

— Il y aura une cérémonie pour Tyler ?

— Je ne sais pas. Mama n'a rien dit. De toute façon, on a très peu de famille, y aurait que tante Nicola avec nous. Et on n'a pas beaucoup d'argent non plus.

Penser à l'enterrement de Tyler est un coup de poing dans le bide. Mettre son frère dans une boîte et l'enterrer pour toujours. Comment traverse-t-on une épreuve pareille ?

Faith me pose des questions sur Tyler, sur notre enfance, notre famille. Je réalise combien je suis une caricature de garçon noir avec Papa en prison, Mama obligée de travailler dur pour élever seule ses deux enfants, jouant à la fois le père et la mère auprès de nous. Je raconte aussi que Tyler et moi avons grandi comme les doigts de la main, inséparables. Pendant des années, c'était rien que nous deux, collés, toujours ensemble, sachant tout sur l'autre, jouant au basket dans la rue, à NBA 2K le week-end s'il faisait trop moche. Et puis, un jour, nos routes ont commencé à s'écarter.

— On a voulu parier au Super Bowl. J'étais pour les Raven, Tyler pour les 49. Quand les Raven ont gagné, Tyler a pété les plombs parce qu'il devait me payer cinq dollars !

— Ah ouais !

— On ne s'est pas adressé la parole pendant une semaine.

Je suis frappé de réaliser que je ne parlerai plus jamais à Tyler. J'aurais pu lui dire un million de trucs, à cette saleté de soirée. Je n'en ai pas été capable : je ne savais pas exprimer que j'avais peur de voir nos routes diverger, que j'étais mort de trouille à l'idée de le perdre pour toujours. Maintenant, il est trop tard. Je vais vivre avec ça jusqu'à la fin.

— Tu t'en veux, c'est ça ? me demande Faith avec tristesse.

J'ai du mal à le sortir, mais oui, je m'en veux de ne pas avoir été présent pour Tyler quand il avait besoin de moi. De ne pas avoir su dire ni faire ce qu'il fallait. Je m'en mords les doigts de l'avoir laissé aux griffes de Johntae et de sa bande.

Si seulement j'avais pu rompre ce cycle infernal. La vision de Tyler, mort sur le bitume, ensanglanté, froid et abandonné s'intercale dans mon cerveau. J'essaye de la chasser.

Ma voix ressemble à un gargouillement de bébé quand je réponds oui à Faith. Elle se gare, coupe le moteur, je retombe en pleine réalité.

— J'arrive toujours pas à le croire… Je ne sais plus ce qui est vrai.

— Tu l'aimais. Il t'aimait aussi, j'en suis sûre. Ça, c'est vrai, et c'est tout ce qui compte.

Bordel, mes larmes remontent.

— Ça fait mal quand même. Je ne reverrai plus jamais mon frère.

Je fixe le tapis Betty Boop sous mes pieds, les joues trempées. En relevant les yeux, je me rends compte que nous sommes garés devant un bel immeuble. Ce n'est pas à Sterling Point.

— On est où ?

— Devant le cabinet de mon père. Je ne l'ai jamais rencontré, je suis venue ici quand Kayla, ma meilleure amie, a été tuée dans un drive-in.

J'observe l'entrée majestueuse et la façade en pierre de taille.

— Je suis montée sur le toit. On voit toute la ville d'en haut. Je voulais sauter. Et puis j'ai regardé le ciel : c'est comme si j'avais entendu Kayla m'engueuler et me sonner les cloches si je faisais une connerie pareille !

Heureusement. Je suis trop content qu'elle soit dans ma vie. Mais j'ai l'impression que moi aussi je pourrais sauter dans le vide maintenant. Faith me prend la main.

— Ce que je voulais surtout dire, Marvin, c'est que je comprends ce que tu ressens, je comprends combien tu étouffes, combien ton cœur saigne. Quand on perd un être cher, on se blâme en permanence, on aurait voulu mourir à sa place. Mais je sais aussi que Kayla est en moi, tout comme Tyler est en toi maintenant. Ils attendent qu'on se batte, pas qu'on abandonne.

— Oui… Tu as raison.

Son visage s'éclaire, elle a ce demi-sourire qui me donne envie de sourire aussi.

On repart, apaisés, heureux d'être ensemble, à fond la caisse dans les rues désertes, en discutant de la meilleure façon de rendre justice à Tyler. Je suis maintenant convaincu que je dois transférer ma lutte intérieure dans la rue, au grand jour. Agir pour élever ma voix. Protester. Prier, croire en la justice, la clémence ou le repentir ne nous aideront pas.

Faith cite Frederick Douglass : « J'ai prié à genoux pendant vingt ans. Rien ne s'est passé, jusqu'au jour où je me suis relevé et que j'ai commencé à marcher. »

Faith me ramène à la maison. Je me couche en songeant au corps froid, méconnaissable et sans vie de Tyler. Je m'écrase l'oreiller sur la tête, je crie, je pleure aussi fort que je le peux.

L'idée de vivre dans la terreur me ramène au jour où Papa a été traîné dehors. J'ai commencé alors à avoir des problèmes de sommeil par peur des monstres cachés sous mon lit ou tapis dans le placard. Les ombres qui dansaient sur les murs de la chambre m'écrasaient d'angoisse.

Une nuit, alors que les sirènes de police hurlaient et que l'odeur de poudre s'insinuait par le carreau cassé, j'ai appelé à l'aide – Mama sûrement – pour qu'on me délivre des monstres. C'est Tyler qui est arrivé, pas Mama.

Il s'est assis sur mon lit, également inquiet à cause du boucan de la rue, comme si, lui aussi, voyait des monstres. Il a vérifié sous mon lit et dans mon placard pour m'apaiser.

Tout d'un coup, je me déteste, je déteste Marvin Johnson parce que je ne serai jamais comme Tyler, jamais aussi brave que lui et que je n'apaiserai jamais ses craintes. Je n'ai même pas été foutu d'être là quand il avait besoin de moi.

1) Je suis un enfoiré, 2) Les monstres apparaissent aussi en plein jour, 3) Tyler ne sera plus jamais là.

Nous sommes nés ensemble. Il n'était pas censé mourir sans moi ni partir comme il l'a fait.

—

Deux jours passent. Durant le premier, je fais les cent pas à la maison, ou je reste assis en silence, sans manger, en ressassant les trois points.

Le deuxième, à 18 heures, le nom de mon frère flashe à nouveau à la télé, en lettres rouges. J'appelle Mama, qui est enfermée dans la salle de bains en train de pleurer ou de se moucher dans du papier toilette. Elle sort précipitamment et vient près de moi, un rouleau trempé à la main. Elle est en blouse de soie blanche, ses cheveux sont coiffés. On dirait qu'elle ira à l'enterrement de Tyler jusqu'à la fin de ses jours.

Le journaliste parle de l'audience, qui est cruciale pour nous, précise Mama : c'est ce qui décidera de notre action en justice ou non. Mais cette audience ne me ramènera pas Tyler, alors ça ne m'intéresse pas autant que Mama.

J'avoue que c'est le grand chamboulement pour elle. Hier, elle a signé les papiers pour que Tyler soit incinéré et que ses cendres soient placées dans une urne argentée. Comme ça, elle n'aura pas à l'enterrer, il reviendra à la maison, finalement. Mama est devenue un tourbillon tumultueux d'émotions contraires, comme si personne ne pouvait comprendre ses blessures. Moi, je ne sens pas ce vide laissé derrière lui parce que je me l'interdis.

Je ne crois pas qu'on puisse jamais remplir le vide, surtout quand il émane d'une personne qui représentait beaucoup, voire tout, pour vous. La douleur continue d'exister.

Stop, j'arrête.

Je dois me concentrer sur Tyler. Justice. Il a besoin de justice. Que le monde entier scande son nom, sache qu'il était là, qu'il a compté, qu'il a existé.

J'attrape mon ordi, je cherche le site d'Albert Sharp et vérifie s'il m'a répondu. Non. Mais maintenant, je sais. Je dois choisir un lieu, une date, alerter les réseaux sociaux. G-mo, Ivy et Faith m'aideront à relayer l'info. Je suis même sûr qu'ils feront tout pour qu'on n'oublie pas mon frère.

20

À Sojo High, je ne suis plus le garçon dont le frère a disparu, je suis devenu le mec dont le frère s'est fait descendre. Je dois répéter des tonnes de fois que Tyler n'a pas été tué parce qu'il convoyait de la drogue ou je ne sais quelle connerie, mais qu'il a été brutalisé puis assassiné par un flic alors qu'il ne faisait rien de mal. Uniquement parce que le policier a vu mon frère comme une menace du seul fait de la couleur de sa peau. Je ne sais pas ce qui est passé dans la tête du flic, mais je suis sûr à 100 % que Tyler essayait juste de rentrer à la maison.

Mme Tanner vient me trouver pour m'avertir que le principal m'attend. Elle fait même patienter sa classe pour m'escorter jusqu'à son bureau. Merde alors, j'ai tout sauf envie de parler, surtout à cette enflure de Dodson.

En chemin, elle me dit de sa voix douce que « Si vous avez besoin de quoi que ce soit, je suis là pour vous, Marvin ». Elle m'explique aussi qu'elle déteste combien la haine alimente ce monde, et combien elle est désolée de ne pas me ramener Tyler.

Je hausse les épaules. Elle a de grands yeux remplis de sympathie. J'ai l'impression qu'elle dit tout ça pour se sentir mieux, pour me montrer qu'elle n'est pas raciste comme le meurtrier de Tyler. Je n'ai pas trop envie d'entendre ça maintenant, mais je ne veux pas non avoir l'air ingrat.

— Merci, madame Tanner.

On s'arrête devant la porte du principal. Il est en train de parler à quelqu'un, deux ombres sont visibles derrière la vitre opaque. Je toque.

— Entrez, grogne-t-il.

Mme Tanner s'éloigne, ses talons claquent sur le carrelage. J'aimerais bien qu'il y ait davantage de profs comme elle. J'entre dans le bureau. Mon cœur fait un bond : l'examinateur du MIT est avec le principal.

— Bonjour, me disent-ils en chœur, sur des tonalités différentes.

La voix de M. Ross est enjouée, celle de Dodson est repoussante. J'ai le tournis.

— On va être rapides puisque vous avez cours, commence le principal. L'éducation dispensée à Sojo High est précieuse.

Je voudrais lui sortir un truc spirituel, mais l'examinateur me tend la main pour que je la serre.

— Ravi de vous revoir, monsieur Johnson.

— Moi aussi.

— M. Ross est ici pour enregistrer votre dossier et vérifier que vous êtes toujours intéressé par le MIT.

— Vous êtes devenu un jeune homme très populaire ces temps-ci, ajoute M. Ross. Je vous présente toutes mes condoléances, Marvin.

Ça me choque. Je ne veux pas être populaire, pas pour ces raisons-là.

— Merci, monsieur.

— Ils sont nombreux au MIT, compte tenu de votre CV, de la tragédie qui vient d'arriver à votre frère jumeau, et de vos excellents résultats, à souhaiter que vous acceptiez. Ce serait un parcours remarquable… emblématique, si je puis dire.

Je ne pige rien à ses salades.

— Hum… Emblématique, oui.

— J'expliquais justement à M. Ross que vous n'étiez plus intéressé par le MIT, intervient alors Dodson. N'est-ce pas ? Surtout avec votre implication dans la soirée de Johntae Smith.

Il me décoche un long regard glacial, qui me transperce de part en part, pour que je sois d'accord avec lui.

— Oui, monsieur Ross, je suis toujours intéressé par le MIT… Et je ne suis impliqué dans rien du tout. J'étais juste au mauvais endroit au mauvais moment. Vous recevrez bientôt ma candidature.

Le mensonge est sorti naturellement.

— Excellent, dit M. Ross en bouclant sa sacoche. Voilà tout ce que je désirais entendre… parce que vous ne répondez pas aux mails !

— Désolé. Internet est instable dans mon quartier. Et j'ai un vieil ordi.

Bien sûr que j'ai vu son mail, mais je n'ai pas eu le courage d'y répondre.

— Je comprends, monsieur Johnson.

Je croise les yeux courroucés de Dodson. M. Ross me donne sa carte et un stylo marqué MIT, puis je file.

Quand j'arrive au clapier pour déjeuner, j'ignore les regards qui me suivent et je rejoins notre table habituelle où m'attendent Ivy et G-mo.

— T'as raté la bagarre, me lance G-mo. Lance Anderson s'est fait démolir le portrait par un mec de Seconde. Il est reparti le nez en chou-fleur, du grandiose !

— Ouais, une sacrée raclée ! ajoute Ivy.

— Jamais rien vu d'aussi beau que le coup qu'il s'est pris dans les burnes ! dit G-mo, la bouche pleine. Le clou de l'année, j'aurais dû le faire avant.

— T'as pas les couilles, lui dit Ivy.

— Tu veux les voir ?

Ivy lui enfonce le hot-dog dans la bouche pour qu'il se taise. J'avoue que j'aurais aimé assister à la raclée de ce raciste de Lance. S'il en existait une vidéo, je me la passerais en boucle.

— Marvin ? Ça va ? me demande Ivy. T'es bien calme, je sais que tu…

— Oui.

— Je t'ai déjà dit de ne pas nous mentir.

Elle sort un paquet de bonbons de son sac et m'en propose un.

— Qu'est-ce qu'on peut faire pour toi ? demande G-mo.

Ils sont soudain sérieux, G-mo cesse même de mâchouiller son chewing-gum. Avant que je puisse répondre, mon portable vibre. Un email... Il vient d'Albert Sharp. Mes mains tremblent. Je le lis à haute voix.

Cher M. Marvin Johnson,

Merci de m'avoir contacté. J'ai suivi cette affaire. Je veux vous assister dans votre combat, pour que justice soit faite. Je prévois aussi d'organiser une manifestation le 25 décembre 2018. Une date forte, pour rappeler aux citoyens américains que des familles noires sont dans la peine quand d'autres célèbrent Noël. Vous trouverez les détails en pièce jointe.

Peace and power à vos proches.

Albert Sharp
Directeur de la Fondation Nationale de Crise

Gloups.

J'ouvre la pièce jointe. Le rassemblement partira de Sojo High le même jour que la manif prévue par Lance Anderson. Dans un mois. Ça se passera après l'audition.

— On va défiler ! On va protester pour Tyler !

Je suis tellement heureux que je pourrais pleurer. Ivy sourit. J'essaye de me calmer, je m'en veux d'être aussi faiblard.

21

Un Thanksgiving peu joyeux arrive et repart. À table, Mama et moi comblons le vide en évoquant Tyler, sa façon d'engloutir les petits pains, la chance qu'on avait d'être une famille unie.

Deux semaines après, début décembre, c'est enfin l'audience. Le chagrin me submerge en plus petites vagues à présent, même si ma vie reste à l'état de naufrage. Je me traîne, cassé, oppressé, incapable de respirer à fond par moment, mais ce matin-là, je réussis à m'habiller. J'enfile un vieux costard et une cravate – les seuls que je possède et qui datent de la mort de mon grand-père. Je suis un peu à l'étroit et les jambes du pantalon sont trop courtes. Tant pis.

— Prêt ? me demande Mama en m'embrassant sur le front.

Autant qu'on peut l'être… On retrouve Faith devant le tribunal où une file de gens s'est déjà formée. Je lui ai demandé de nous accompagner parce qu'elle est déjà passée par là. Elle sait ce qui nous attend. La mère d'Ivy la dépose ainsi que G-mo. Ils me serrent longuement dans leurs bras à tour de rôle. On attend ensuite en silence, pendant une éternité, que les portes s'ouvrent.

Le ciel est un mélange de saphir et de grès qui flamboie au dessus de nos têtes, la brise est vivifiante. Une fois entrés à l'intérieur, un agent nous guide le long d'un hall de marbre jusqu'au tribunal. Les murs sont blancs, contrastant avec les banquettes en bois d'acajou. La salle est bondée. Des personnes s'agitent en nous voyant entrer, comme si Mama et moi étions responsables de toute la misère du monde. D'autres nous sourient. Mama garde les yeux rivés au sol et chiffonne son mouchoir.

Je reconnais des visages familiers du lycée.

Je remarque des visages étrangers.

J'aperçois des policiers, je commence à stresser.

L'huissier nous désigne deux sièges situés juste derrière l'assistante du procureur, une Blanche qui se tourne pour serrer la main de Mama. Après ça, tout est tellement silencieux que j'entends les battements de son cœur.

Mama me donne un petit coup de coude en pointant une porte de côté. Une cohorte de policiers entre, l'air placide, comme si tout ceci leur était habituel, comme s'ils savaient déjà qu'eux n'avaient rien à craindre.

C'est ensuite que je le vois. Le policier. Celui qui m'a enlevé mon frère. Je connais son visage depuis les journaux télévisés. Chaque nuit, je le vois dès que je ferme les yeux. La rage me prend d'assaut, je dois faire un effort surhumain pour m'empêcher de lui beugler des insanités, hurler qu'il nous a volé notre Tyler.

Il évite de regarder dans notre direction. Son arrestation a eu lieu peu de temps après la divulgation de la vidéo, mais bien sûr, il a aussitôt payé sa caution. On lui a accordé le bénéfice du doute, ce que n'aura jamais eu Tyler. Ou moi. Depuis le box des prévenus, il salue ses collègues.

Je n'en reviens pas de la façon dont ils le traitent. Cet homme, cet assassin, est escorté comme s'il était la victime. Sa famille bénéficie du même traitement dans la salle. Cet homme a descendu mon frère sans sommation, et nous devons endurer pareille torture pour obtenir justice. Si Tyler avait été Blanc et son tueur, Noir, rien n'aurait été pareil. Je le sais. C'est comme ça.

Je me tourne et cherche Ivy, G-mo et Faith. Tous les trois ont l'air tristes et à cran, comme moi.

— Juge Richard Watts ! Debout devant la cour ! annonce l'huissier.

La salle se lève.

Silence.

Mon cœur cogne, cogne, il va jaillir de ma poitrine.

Mama cherche ma main, j'hésite presque à lui tendre la mienne tellement je tremble. Mais je me souviens que je ne suis pas seul, on est aussi déchirés l'un que l'autre, alors je la prends et la serre fort.

L'huissier continue ses palabres d'une voix monocorde, des mots qui n'ont pas beaucoup de sens. « … en présence du drapeau de notre nation et de l'emblème de notre

Constitution, la séance peut donc commencer. Vous pouvez vous asseoir. »

Le juge ajuste son micro. Il se penche, scrute la salle, les lorgnons au bout du nez. Son crâne blanc, chauve, capte un reflet de lumière.

Et moi, je me dis :

Voici le commencement.

22

Mis à part les sièges, la salle est d'un blanc éclatant, avec ses murs et les gens qui portent aussi du blanc. Je me sens soudain allergique au monde entier. Ça me gratte dans les paumes, j'ai la nuque en eau, la gorge râpeuse, la vue brouillée. Comme si je trempais dans une piscine de sumac vénéneux.

La procureure-adjoint parle de la vidéo maintenant, et détaille les derniers instants de Tyler. Je ferme les yeux pour ne pas voir, mais j'entends la voix de mon frère. J'entends aussi l'homme qui l'a assassiné. Ce n'est pas le terme qu'ils emploient. À aucun moment, ils ne prononcent de mot en M. Alors que moi je voudrais hurler *Meurtre ! Meurtrier ! Ce n'est pas parce que ce mec est flic que ça atténue son geste !*

L'avocat de la défense prend la parole.

— Objection ! Nous l'avons tous visionnée, le sujet a résisté.

Le fond sonore monte dans la salle.

Tyler avait une mère qui l'aimait à l'étouffer – j'avais parfois l'impression qu'elle l'aimait plus que moi. Tyler avait des rêves, le monde à portée de main, une vie entière devant lui. Tyler m'avait, moi.

Mais eux, tout ce qu'ils remarquent, c'est son sweat à capuche et son baggy. Tout ce que le policier a vu, c'est un voyou qui cherchait des histoires.

Tyler était juste un ado.

Non, je retire le mot : « juste » me rend malade parce que Tyler n'était pas « juste » n'importe quoi. Tyler était mon meilleur ami, mon compagnon durant tous ces moments où j'en ai eu besoin. Il était tout – tout – et juste comme ça, il ne l'est plus.

Ça bourdonne dans mes oreilles, j'ai l'impression d'être dans un cocon de verre qui vibre, mon corps flotte dans ce vertige vaporeux.

Je ne vais pas pleurer, c'est ce je me répète encore et encore pour embobiner mon cerveau, l'obliger à y croire. Je bloque tout le reste pour me concentrer sur le plus beau souvenir que j'aie de Tyler, un souvenir que je chéris, auquel je m'accroche de toutes mes forces.

Ça se passe un jour de ciel bas et nuageux, la pluie n'est pas loin. Il n'y a que nous deux sur le terrain de basket. Tyler a la balle. Il dribble, feinte, me double alors que j'essaye de le cerner en défense. Mais il trouve toujours le moyen de m'échapper. Il dribble encore entre ses jambes, pointe, envoie et *Bam !* marque le panier. La balle rebondit plusieurs fois en retombant, Tyler me checke avec le poing.

À mon tour de marquer, je garde un œil sur lui, je connais ses feintes.

On transpire, on ne dit rien, on joue.

Une fille à la peau sombre, en robe mauve, s'avance à la barre. Quand elle passe devant nous, j'aperçois ses yeux : ils ne sont pas pleins de larmes mais pleins de rage. Elle prête serment, jure sur la Bible de dire toute la vérité, rien que la vérité.

— Déclinez votre identité dans le micro, lui demande le juge.

— Daphne Haywood. J'ai vu ce qui s'est passé le soir du meurtre de Tyler Johnson, quand il a été tué à bout portant.

— Objection !

— Accordée. Nous n'en sommes pas encore aux conclusions, mademoiselle Haywood, dit le juge.

Je suis en transe. Ma vie n'est pas un feuilleton télévisé, sauf que la plupart du temps, j'aimerais qu'elle le soit. En ce putain d'instant, je voudrais quitter la réalité. Que les nouvelles de la télé, les histoires de Mama, les paroles de Tupac soient uniquement ça : des récits. Pas des trucs qui arrivent aux gens ordinaires. Je le veux plus que jamais.

Tyler a été assassiné. Tyler a été exécuté. Le crier reviendrait à flûter dans un violon, s'égosiller dans le vide intersidéral, être réduit au silence, étouffé.

La procureure-adjoint débute ses questions :

— Mademoiselle Haywood, pour le greffier : êtes-vous lycéenne à Sojourner Truth High School ?

— Non.

— Expliquez-nous votre présence ce soir-là.

— J'avais été invitée par un ami d'ami.

— Qu'avez-vous fait quand le chaos a commencé ?

— Je me suis enfuie par une sortie de secours dès que j'ai entendu les premiers coups de feu. Dehors, j'ai tout de suite vu Tyler, mais lui ne m'a pas vue. Le policier non plus. Du moins, je le pense parce qu'ils se regardaient en chiens de faïence.

— Que se passait-il entre l'officier Meredith et Tyler Johnson ?

— Le policier lui a dit de lever les mains en l'air. Tyler a lâché son sac et obéi. Pendant tout ce temps, le policier pointait son arme sur lui et s'avançait lentement. Je sentais ce qui allait venir, alors j'ai sorti mon portable pour filmer.

— Et ensuite ?

— Ça s'est passé comme dans la vidéo. C'est ça que j'ai vu. Tyler a dit qu'il voulait juste rentrer chez lui, il a poussé le flic pour l'écarter de son chemin et s'enfuir. Dès que j'ai entendu les trois coups de feu, je suis partie en courant, mais j'ai essayé de continuer de filmer.

Elle se tourne vers Thomas Meredith. On peut lire le dégoût qu'il lui inspire.

— Ce garçon ne méritait pas ça, non. Je suis fatiguée de ces flics racistes qui prétendent avoir affaire à des racailles pour justifier leurs gestes. C'est arrivé trop souvent par ici.

— Objection !

— Accordée.

— Pas d'autres questions, Votre Honneur, dit le représentant de la partie civile.

C'est au tour de l'avocat de la défense d'interroger la témoin. Sa face blanche est presque aussi rouge que sa barbe.

— Pouvez-vous nous décrire la soirée ?

— C'était une fête normale, mais elle a tourné au cauchemar à cause d'une bagarre de gang et d'une descente de police, tout ça la même nuit.

— Donc vous étiez consciente qu'il y aurait de la violence à cause d'un gang, ce qui entraînerait forcément l'intervention des forces de l'ordre ?

— Oui. Mais personne ne vous prévient jamais que ça va arriver.

— Donc, vous nous dites être allée à cette fête, inconsciente des conséquences ?

— Quoi ?

— Objection ! Manque de pertinence.

— Accordée.

— Je retire. Quand vous êtes sortie de la fête, avez-vous vu M. Johnson, menottes aux poignets ?

— Non, il n'y a pas eu de menottes. L'arme du policier était déjà dégainée. Ils étaient tous les deux, ils avançaient, reculaient, face à face.

— Ils avançaient et reculaient ? M. Johnson tentait donc de résister ?

Il cherche à la coincer, je voudrais hurler.

— Non. Tyler lui demandait juste pourquoi il le visait, ce que n'importe qui aurait fait dans la même situation s'il avait peur. Le policier n'avait pas à sortir son arme.

— A-t-il résisté ? Se montrait-il violent envers l'officier Meredith ?

Le Tyler Johnson que je connaissais, pas celui que le monde entier essaye de façonner, n'était pas violent. On s'en fiche que son pantalon lui tombait sur les fesses, qu'il portait peut-être de la beuh sur lui, ou récoltait des mauvaises notes sur son bulletin trimestriel, tout cela ne donne pas le droit à un policier de tuer un gosse.

Daphne le dit à ma place :

— Si on cherche à justifier les meurtres des Blancs et des policiers, je n'ai plus rien à faire dans ce pays.

— Il faisait nuit, n'est-ce pas ?

— Oui.

— Comment êtes-vous certaine de ce que vous avez vu ?

— Parce que la rue était éclairée par un lampadaire. C'est dans la vidéo. Vous pouvez le voir vous-même.

— Si vous étiez convaincue qu'un meurtre se déroulait sous vos yeux, pourquoi êtes vous restée pour filmer, enregistrer la scène, au lieu d'aller chercher de l'aide ?

— Je ne suis pas restée, répond Daphne en regardant tristement Mama. Quand j'ai entendu les coups de feu, je me suis enfuie. Au début, je n'ai parlé à personne de ce que j'avais vu.

Je ne parviens pas à lui en vouloir d'être restée filmer au lieu de partir chercher de l'aide. À qui s'adresser si les policiers sont aussi ceux qui vous font du mal ? On est tellement habitué à cette mélasse. Tyler n'est pas le premier. Tous les cas avant le sien ont fini de la même façon : pas de justice.

— Vous n'en avez parlé à personne ?

— Non… Je paniquais. Je ne savais pas quoi faire. Je ne voulais pas être la prochaine.

On dirait qu'un voile de glace est tombé sur l'assistance, tant le silence mord brutalement.

— Comment connaissiez vous M. Tyler Johnson ?

— Je ne le connaissais pas. C'est un ami qui m'a dit son nom en voyant la vidéo.

— C'est pour cette raison que vous l'avez diffusée de façon anonyme ?

— Oui, j'avais peur. Et je ne savais pas quoi faire.

— Apparemment, la mort de Tyler Johnson était devenue votre petit secret ?

Chaque fois qu'il prononce son nom, mon cœur s'accélère.

— Ce n'est pas ce que j'ai dit !

— Plus de question, Votre Honneur.

En quittant la barre, Daphne se tourne vers nous et murmure « Je suis désolée » avant de rejoindre son siège. Je suffoque, à chaque instant j'avale ma dernière goulée d'oxygène. Je voudrais hurler au monde d'écouter avec attention, avec discernement, et de m'écouter aussi. Mais je suis incapable de formuler le moindre mot. Dans ma tête, c'est un tourbillon, une mêlée générale.

Mama recommence à pleurer dans son mouchoir. Je passe le reste de l'audience attentif à elle ou prisonnier de mes pensées, incapable de me concentrer sur les échanges entre avocats. Incapable de croire que cette justice ira dans notre sens.

23

Huissiers et officiers de police sont obligés de nous évacuer de la salle d'audience, Mama et moi. Dès qu'ils posent leurs pattes sur moi, mon corps se rebiffe, prêt à imploser de colère et de dégoût. Au prix d'un effort herculéen, je me rappelle alors qu'il s'agit de la procédure standard. Ils ne nous veulent aucun mal.

À l'extérieur, des journalistes abordent Mama pour lui demander ses impressions. Elle me tire en arrière, puis devant une forêt de micros, évoque le fils qu'elle a élevé. Le bon garçon qu'il était. Jamais d'ennuis avec la police. Il méritait bien mieux que d'être tué et arraché à sa famille. Elle confie ses plus tendres souvenirs de Tyler enfant, certains que je ne connais pas moi-même.

« Notre ville de Sterling Point est déchirée par la faute de cet homme. Et aussi à cause du système pourri. De la haine de l'agent Meredith. Il y a de mauvaises personnes dans notre pays. De mauvais policiers. Mais il y a aussi tellement de bonté. Je viens de perdre un fils. Mon autre fils a perdu son frère. Son absence est pour nous une douleur de chaque jour. Cet homme m'a enlevé ce que je ne pourrai jamais remplacer. Tout ce que je demande, c'est un peu de justice et de l'aide pour que ce policier ne revienne plus jamais dans nos rues, sinon d'autres enfants seront en danger de mort. C'est tout. »

Au moment où nous nous garons devant la maison, les nuages éclatent. Des nuages meurtris qui ressemblent à mon cœur. Mama rentre. Je reste sous la pluie.

Mama dit toujours que ceux qui sont passés de l'autre côté, la famille disparue, se servent des gouttes de pluie pour parler aux vivants. Alors, j'imagine Tyler aux cieux en train de murmurer à l'averse qui forme maintenant des rigoles à mes pieds. J'imagine ces petites gouttes d'eau au courant de ce que c'est qu'être Noir aux États-Unis, chacune porteuse de son destin, qui est de tomber et de s'écraser sur la terre.

Tante Nicola m'a dit un jour que la vie, ce n'est pas d'attendre que l'orage passe, parce qu'il arrive qu'il ne passe jamais. Une vague d'émotions me submerge. La vie consiste à se rouler dans la pluie, dans la furie d'orages déchaînés, en gardant espoir, mais aussi en ne faisant qu'un avec l'orage. Se gonfler de colère, bouillonner, exploser, être l'acteur de son propre changement.

Je rentre et j'envoie un texto à Ivy et G-mo pour les inviter. Mes meilleurs amis du monde répondent en un clin d'œil et se pointent à ma fenêtre, trempés.

— Yo, Marvin, dit Ivy en enjambant le rebord la première, skateboard sous le bras.

— Tout va bien ? me demande G-mo.

— Tu vas pas le croire, frère, reprend Ivy, un gusse a essayé de voler mon skate et le vélo de G-mo. Sous cette flotte !

— Vous avez fait quoi ?

— Il a eu peur de mes bras musclés ! On l'a viré, explique G-mo.

— Ben voyons ! dit Ivy. G-mo a surtout accéléré et moi je me suis accrochée à son vélo.

— Ouah.

C'est tout ce que j'arrive à sortir.

— Marvin, tu te sens bien ? s'inquiète Ivy.

— J'ai un horrible, horrible, pressentiment dans le bide. Comme si j'étais coincé dans le plus mauvais scénario d'Hollywood. Mon frère est devenu un putain de hashtag. Tout le monde est persuadé que c'était une racaille.

Je pourrais cogner sur quelque chose, défoncer quelqu'un, exploser une tronche. G-mo me retient, comme au bon vieux temps.

— Du calme, Marv'. Moi aussi j'emmerde les Blancs, je les hais. *Fuck* les flics !

— Pov' basané, c'est raciste ce que tu viens de dire ! je réponds.

— T'es pas raciste si t'es en minorité, se défend G-mo. C'est un préjugé, oui, mais c'est pas raciste. On n'a pas le pouvoir d'être raciste dans cette société. Et puis c'est eux qui veulent la guerre !

— Gros bolosse, ça fait longtemps qu'elle a démarré, la guerre ! intervient Ivy. Ce n'est même plus une question de Blancs contre Noirs, mais de racistes contre tout le monde. Des clowns.

G-mo abdique.

— Tupac chante « Tous en guerre ». Pourquoi tu crois qu'il a écrit un album entier là-dessus ?

— OK, OK, marmonne G-mo.

Mama est dans la cuisine, les casseroles et les assiettes s'agitent en une symphonie cacophonique. Je réfléchis à ce qu'Ivy vient de dire. Elle a raison. Tout ça, c'est à cause de la haine que certains portent en eux. Une haine parfois trop insidieuse pour être remarquée. Mais le truc avec la haine, c'est qu'on ne peut pas la balancer sur un autre sans s'éclabousser soi-même. Je me demande si les gens finiront par le comprendre un jour.

24

Le lendemain, les journaux télévisés continuent sur Tyler. La caméra zoome sur la face pâle d'une journaliste.

« Le père de la victime, Jamal Johnson, purge une peine de prison pour détention illégale de stupéfiants et meurtre prémédité, au Mongomery Correctional Facility. »

La moutarde me monte au nez. M'entendre rappeler ceci – la vérité, je sais – de façon aussi douloureuse éteint la petite lueur qui brillait encore en moi. Longtemps, j'ai senti que pour sortir de ma propre souffrance, je devais prétendre qu'elle n'existait pas. Je posais un voile noir sur la mélasse des Blancs dont Mama parlait dans ses mises en garde. Mais ça a causé tant de dégâts. Des dégâts que je ne perçois même pas totalement. Peut-être qu'on ne les voit pas avant qu'il ne soit trop tard. Aujourd'hui je m'en rends compte parce que la merde me retombe dessus même si je ne le mérite pas.

La journaliste interroge un vieux Noir à cheveux grisonnants et à moustaches. Je le reconnais avant que son nom s'inscrive à l'écran : Albert Sharp.

— Que pensez-vous de cette affaire ? lui demande-t-elle.

— C'est vraiment très triste, ce qui se passe chez nous. Depuis des années, notre pays connaît des tensions raciales, la discrimination, la partialité, la violence à tous les niveaux. On a déjà eu des affaires similaires à celle de Tyler Johnson, où un ado sans arme, Noir, se fait brutaliser ou descendre par la police. Nous tous, en tant que citoyens d'une même nation, devons nous unir pour lutter contre ces abus.

— Vous croyez à un sursaut de la communauté ?

— Oui, malgré la fracture sociale qui existe par ici. J'espère que toutes les communautés sauront se rassembler pour saluer sa mémoire. Chacun, quelle que soit sa race, doit œuvrer pour gommer les divisions et exiger la fin des brutalités policières.

— Merci.

Je reste près de Mama sur notre petit canapé défoncé. Je m'apitoie sur mon sort. C'est très inapproprié comme sentiment, mais dévorant.

25

Quand je retourne au lycée, deux jours après l'audience, l'appel de Lance Anderson a fait le tour de Sojo High : élèves, profs, appariteurs, ils sont tous au courant. Ça bruisse de conversations animées, de pour ou contre et de relents de racisme. Sojo High, qui est pourtant à dominante noire et hispanique, est divisée, parce que même les écoles du ghetto ont leur lot de xénophobes. C'est trop. Ça me tue.

J'ai besoin d'un refuge, d'un asile où on ne me regardera pas de la tête aux pieds, où je n'aurai pas à expliquer que Tyler n'est pas juste mort, mais qu'il a été tué. Pour ne plus avoir à justifier l'évidence, là où les gens ne haïssent pas leurs semblables à cause de la couleur de leur peau.

Soudain, je me demande où en est notre marche pour Tyler. Des gens chercheront-ils à la contrer ? À nous réduire au silence ? Les flics magouilleurs l'interdiront-ils ? On l'a déjà vu, pourquoi pas une fois encore…

Ma journée se déroule dans un brouillard sonore de condoléances et de chuchotements haineux. Je réalise que je suis revenu trop tôt, je ne suis pas prêt à côtoyer tant de gens qui font semblant d'avoir connu Tyler. J'ai besoin de temps.

Après les cours, G-mo, Ivy, Faith et moi nous retrouvons chez G-mo, pour discuter de notre marche. Elle se tiendra devant le lycée.

— Les racistes sortiront comme des rats, grogne G-mo.

— Ouais. Faut s'y préparer, dit Ivy.

C'est vrai. Mais c'est aussi pour ça qu'on doit les surpasser en nombre.

On suit les nouvelles sur la petite télé de G-mo. Un sondage d'opinion demande au public de se prononcer : pour ou contre la culpabilité du policier.

Il est coupable. Ça ne devrait même pas faire l'objet d'un sondage aussi débile.

Faith sent ma détresse. Ses grands yeux bruns, chaleureux, me fixent.

— Dis-moi ce que je peux faire, Marvin. Je voudrais t'aider.

C'est ce que j'avais besoin d'entendre.

— Rejoins-nous. Invite tous ceux que tu connais.

— Ma mère a un ami flic. Paulie. Il est révolté par ce qui s'est passé. Je lui parlerai.

— Super.

Toute la nuit, on envoie des mails, on fabrique des affiches, on poste des messages sur Twitter, Facebook, Tumblr. On pond aussi un hashtag plus mode.

#TYLERJOHNSONWASHERE

26

Quand je me lève le jour de Noël – le jour de la manif – j'ai un mauvais goût dans la bouche. À trois heures du mat', j'ai cru que quelqu'un entrait dans ma chambre en sautant par la fenêtre pour m'étouffer. Impossible de refermer l'œil après, j'ai cogité toute la nuit sur ce qui pourrait se passer aujourd'hui. Plein de trucs ou rien.

Mama est au téléphone avec tante Nicola. Je la regarde touiller la rondelle de citron dans son thé.

— Joyeux Noël, mon grand, me dit-elle après avoir raccroché.

Un Noël pas joyeux. Mama m'embrasse.

— Tu vas bien ? demande-t-elle.

— J'ai un mauvais pressentiment. J'ai l'impression que ça ne s'arrêtera jamais.

— Viens boire du thé. Il est chaud.

Elle me montre la théière au milieu de la table. Les photos de Tyler sont à côté. C'est devenu sa routine matinale de les regarder en pleurant et en priant Dieu de délivrer le monde de la haine.

— Merci. Ça me fera du bien au ventre.

Mama pose la main sur mon front pour le tâter puis la glisse sur ma joue.

— Je vérifie si t'as de la fièvre. Je t'ai peut-être passé mon rhume.

— T'inquiète pas.

— C'est la manif qui te tracasse ? Je te sens tellement nerveux.

Si seulement j'étais capable d'intérioriser davantage...

— C'est important. Faut que j'y sois.

Mama acquiesce en silence. Avant, elle aurait explosé pour m'interdire *d'aller traîner dehors, parce que les rues sont trop dangereuses, Marvin, et qu'on a vu trop de vilaines choses et que je ne supporterais pas de perdre un autre enfant.*

Mais aujourd'hui, elle sourit, ouvre les bras et me serre longuement.

— Je sais, mon grand.

— Si on se tait, si on les laisse nous bâillonner, ça les confortera encore plus : ils penseront qu'ils ont le droit de continuer.

Elle déglutit, réfléchit, ça turbine dans sa tête.

— On ne peut pas baisser les bras, Mama.

— Je suis fière de toi.

Elle attrape la théière, se verse du thé dans sa petite tasse blanche puis ouvre un album photo, les yeux nostalgiques.

On allume ensuite la télé pour suivre le journal. Les gens ont commencé à se rassembler. Les images montrent une foule bigarrée avec des panneaux et des drapeaux. C'est tellement puissant que j'ai du mal à penser. Il y a aussi des hordes de policiers, des voitures à gyrophares, des camions antiémeute encadrant les manifestants. On entend un porte-voix répéter qu'il s'agit d'un « défilé pacifique ». Beaucoup de marches de ce genre se sont mal terminées.

Voir tous ces flics armés me rend nerveux. Oui, je suis prêt à donner ma vie pour une cause, mais mourir, devenir un hashtag, laisser une trace éphémère et sombrer dans l'oubli des statistiques me terrifie.

Le présentateur blanc, aussi immaculé que son col de chemise, décrit les manifestants, ceux qui réclament justice, ceux qui veulent un monde meilleur. Ses mots sont autant de coups de poing dans le ventre. *Tendances à la violence. Colère. Voyous.*

L'image bascule sur une foule de Blancs qui scandent à s'en péter les veines du cou des saletés comme « NETTOYEZ NOS RUES », « DÉGAGEZ LA RACAILLE ». Tout le monde comprend le message pour « TIREZ SUR LES NOIRS ».

— Quand comprendront-ils qu'il faut arrêter de nous tirer dessus comme des lapins ?

— Si seulement je le savais, mon grand. Le racisme germe comme de la mauvaise herbe dans leurs cœurs. Pourtant, les mauvaises herbes s'arrachent à la main.

— Faut que j'y aille.

Mama me rattrape par le coude puis m'oblige à la regarder dans les yeux :

— Marvin, tu dois revenir entier. Et vivant, t'entends ? Pas de bagarre. Pas de provocation avec la police. Pas d'insultes. Tu gardes les mains en l'air. Rien dans les poches. La probabilité pour que tu survives sera meilleure.

Ses mots me flanquent la pétoche, ils sont utiles et importants. J'espère que G-mo, Ivy et Faith reçoivent le même sermon de leur côté. Pas de doute : le meilleur moyen de rester en vie, c'est de jouer au sous-marin, même si on n'est pas invisible.

Je vais dans ma chambre me préparer. Je commence par vérifier les messages de mon portable. Je trouve un « T'en es où ? » d'Ivy et un « Écris quand t'es prêt, je t'emmène », de Faith.

Mama passe la tête par la porte.

— Je viens avec toi. Je te laisserai pas y aller seul.

Elle est entièrement vêtue de noir. Bottes noires, polo noir, jeans noir, avec une paire de lunettes noires sur la tête. La dernière recrue Black Panther.

Du coup, j'en fais autant, je choisis un sweat noir et le jeans le plus noir de mon tiroir. Je nage un peu dans ces fringues, mais leur ampleur me réconforte, je m'y sens bien.

J'écris à Faith pour la prévenir que Mama m'accompagne et qu'on la retrouvera sur place.

Tout me choque à mesure qu'on approche. Les rues sont bondées, on n'arrive même pas à se garer tellement il y a des gens partout. Certains sont même assis sur la chaussée. On doit marcher un long moment avant de retrouver Ivy et G-mo qui nous font fête.

— Putain, mec, c'est ouf, dit G-mo.

— Ils ont failli lâcher un chien sur un mec qui avait franchi la ligne, explique Ivy en pointant une marque orange fluo sur le bitume. Ils ont des bombes lacrymo.

Une masse de visages inconnus s'agite de l'autre côté de la ligne orange. Lycéens, policiers, adultes drapés dans le drapeau confédéré, mais aussi la bannière étoilée. Beaucoup brandissent des pancartes. J'observe, je me demande si le chaudron se déversera sur nous, j'essaye de me convaincre que tout ceci n'est pas la scène macabre d'une dystopie.

La police est omniprésente. Il y a des voitures et des barrières antiémeutes aux quatre coins de la place pour nous parquer dans un espace délimité. Comme des animaux, des criminels. J'aperçois même des fourgons pour nous rappeler qu'on n'échappera pas à l'oppression.

Journalistes en beau costume ou en talons aiguilles arpentent le pavé, micro à la main, pour interviewer les lycéens de Sojo High qui nous ont rejoints dans cette quête désespérée. Justice, sécurité, la base de nos droits civiques.

— On essaye de rester ensemble ! je lance en me dirigeant vers l'avant du cortège.

Je reconnais des têtes. Y a même des mecs de Johntae.

— Faith ! Faith ! appelle G-mo. Par ici !

Elle se précipite dans mes bras, ses tresses me fouettent le visage. Son sac est rempli de pancartes blanches et de porte-voix qu'elle nous distribue.

Je lis les messages inscrits sur les bannières : TYLER EST LIBRE ! C'est vrai que c'est aussi une histoire de liberté, pas seulement comment il est mort, mais comment il s'est échappé, comment il a vécu.

Le panneau d'Ivy, haut dans le ciel, dit :

RÉVEILLEZ-VOUS.

Celui de G-mo :

JE SUIS UN ÊTRE HUMAIN. COMME TOI.

Sur le mien est écrit en grosses lettres noires et rondes :

MA VIE COMPTE !

C'est une immense cacophonie de voix et de hurlements. Assourdissants. Suffocants. Mme Tanner nous fait de grands signes. Elle nous rejoint, puis embrasse tout le monde, même Mama. Je suis noyé dans une marée de visages noirs, blancs, asiatiques, jeunes, vieux. Et il y a Albert Sharp. Il se tient près d'un groupe de reporters. Dès qu'il nous voit, il fonce pour venir prendre les mains de Mama. Ensuite, c'est au tour des miennes. Ses paumes sont chaudes et rêches. On nous regarde. Les gens réalisent qui nous sommes, le message passe : la famille de Tyler Johnson est là.

— Je suis très heureux que vous soyez venue, madame, dit M. Sharp. Je sais que c'est dur, mais nous obtiendrons justice. Pour vous. Pour Tyler.

— Merci, répond Mama.

— Vous avez un fils fantastique, ajoute-t-il en me regardant. C'est lui qui m'a contacté pour organiser cette marche.

Mama ouvre des yeux ronds. Je suis gêné.

— Je ne pouvais pas juste rester là. Fallait que je fasse quelque chose.

M. Sharp me présente ses condoléances. Il nous dit aussi que Dieu veille sur nous, qu'Il nous aidera à sortir de ce tunnel. Il se lance même dans une prière pour Lui demander grâce, paix et justice. Un cercle se forme autour de nous. Ivy, G-mo, Faith, d'autres gens se prennent par la main pendant qu'on prie. Croyants ou non, ils s'associent pour nous montrer que nous ne sommes pas seuls, Mama et moi. Eux aussi réclament justice pour Tyler, parce que son meurtre les a blessés. Tout ça me remue, les larmes coulent à nouveau. Faith ne me lâche pas la main.

Quand la prière d'Albert Sharp est terminée, on se range en ligne et on commence à chanter dans les mégaphones. Des paroles simples qui ne tardent pas à être reprises par le cortège et se transforment en une clameur puissante de voix qui veulent, qui ont besoin, de se faire entendre.

« Police de Sterling Point, stop, assez de brutalités ! Police de Sterling Point, stop, assez de brutalités ! »

On le chante en boucle, de plus en plus fort, jusqu'à s'en casser les cordes vocales. On fait aussi des vagues de ola : le premier du rang lève les bras en criant « Ne tirez pas ! », et l'onde se propage.

Le soleil cuit, aveuglant. Ma main en visière me protège de ses rayons, mais pas de la haine. Face à nous, un mur de policiers agressifs. Ils sont casqués, vêtus de gilets pare-balle, le bouclier dans une main, l'arme dans l'autre. Certains tiennent des rottweiler en laisse, l'écume à la gueule, le collier hérissé de pointes. Une armada militaire. Pendant quelques minutes, je me détache de tout, j'écoute Mama, Ivy, G-mo et Faith chanter près de moi.

Un cri différent me ramène à la réalité. Sur la droite, des uniformes agglutinés. L'un d'eux est sur un manifestant plaqué au sol. Le genou d'un policier s'enfonce dans son dos. Encore un ado noir qui répète que son portable n'est pas une arme, mais les flics s'en fichent. Ils le menottent.

Un téléphone, c'est pas dangereux, être noir non plus, je me répète.

— Mes-dames, mes-sieurs, crie Ivy dans son mégaphone.

Le chaos et les voix redescendent.

— Nous sommes rassemblés aujourd'hui pour notre pote Tyler. Pour afficher notre position contre les brutalités policières. On veut que ça change, on demande justice. Nous sommes là pour dire stop, on en a assez ! Arrêtez d'allonger la liste ! La police doit nous protéger, pas nous tuer. Paix, égalité, ce n'est pas si compliqué !

La foule applaudit, lance des vivats. La tête de Faith vient se poser sur mon épaule, sa main se glisse sur mon cœur. Elle vérifie qu'il bat toujours, que je ne suis pas en train de m'enflammer comme une torche à force d'émotions.

Ivy sort son portable, puis lit dans le mégaphone : « Nos vies comptent ! *Our Lives Matter!* Oscar Grant compte ! Freddie Gray compte ! Michael Brown compte ! Jordan Davis compte ! Eric Garner compte ! Tarika Wilson compte ! Dontre Hamilton compte ! Sandra Bland compte ! Trayvon Martin compte ! Tanisha Anderson compte ! Yvette Smith compte ! Tamir Rice compte ! Alton Sterling compte ! Philando Castile compte ! Jordan Edwards compte ! Emmett Till compte ! Ne les oublions jamais ! »

Le dernier nom me colle à la peau, j'en ai la nausée. « *Tyler Johnson compte !* » Je brandis le poing. Ivy, G-mo, Faith, Mama lèvent le poing à leur tour, un océan de poings de toutes les couleurs s'élève dans le ciel. Le poing levé, symbole du Black Power, mais aussi de la solidarité, de l'unité. Un geste qui en dit long : nous sommes un, nous voulons que ça change.

Sur ma gauche, je remarque un jeune avec un T-shirt blanc sur lequel est écrit #TYLERJOHNSONWASHERE, il s'approche des policiers. De plus en plus près. Les chiens aboient, le garçon, un Blanc qui est dans le cours de Mme Tanner, martèle le sol avec son pied pour impressionner les molosses. Mais ça les rend encore plus fous.

Et là, je me dis, *je ne sais pas ce qu'il veut faire, mais ça ne va pas être bon*. Le temps avance alors au ralenti, le garçon franchit la ligne, pénètre en territoire à risque.

La ligne de policiers se rompt soudain et fonce sur nous. J'entends des *Bang* et des *Pop.* Une pluie de balles en caoutchouc qui mordent la peau se déverse du ciel.

Des corps s'affalent, se recroquevillent.

Je vois la rage et la haine dans les yeux de ceux qui sont censés nous protéger.

Les gens courent dans tous les sens, je perds Faith, Ivy, G-mo et Mama. J'essaye de la retrouver dans ce flot de visages crispés. Je cours me mettre à l'écart du chaos pour scruter la marée humaine qui refoule, je cherche Mama, mains sur la tête.

J'entends des bris de glace. Sur ma gauche, un petit groupe de gens cagoulés explose à coups de battes les vitres des voitures, des autobus et des fourgonnettes de chaînes télévisées.

Non, non, ce n'était pas ce qu'on voulait.

Faith arrive en courant.

— Marvin ! On les aide à casser ? Ces porcs de flics jouent les enfoirés, on peut aussi leur montrer ce qu'on sait faire.

Quoi ? C'est Faith qui me dit ça ? J'essaye de me souvenir que je suis contre la violence, mais une part de moi-même a envie de tout envoyer valdinguer. *Fuck* l'ordre, *fuck* la paix. Si c'est ce qu'ils veulent, on va leur montrer nous aussi. Parfois, la colère est le seul moyen de gagner l'attention d'autrui.

Mais ce n'est pas de cette façon que je veux me souvenir de Tyler. La colère qui bouillonne en moi ne me le ramènera pas. Je réponds non à Faith, qui accepte ma décision. Alors on reste là à observer notre manif en train de se déliter.

Des types grimpent sur les toits des voitures pour les défoncer. Les bris de glace et de tôle résonnent jusqu'à ce qu'il n'y ait plus rien à casser. Sojo High n'est pas épargné, la porte d'entrée est vandalisée, les vitres de salles de classe sont réduites en bouillie. Quelqu'un met le feu à une poubelle puis la balance sur une voiture de police. Un pneu s'enflamme. J'entends des hourras.

Soudain, j'aperçois Mama. Je cours dans la foule pour la rejoindre. Ivy et G-mo sont là aussi. Elle a les bras couverts de gros hématomes violacés, à cause des balles en caoutchouc, sûrement. Je l'entraîne dans un coin à l'écart où elle s'écroule, groggy.

— Mama, ça va ? Mama ?

— Oui, dit-elle en essayant de se relever.

— Tu vas où ? On rentre à la maison avant que ça dégénère encore plus.

— Sûrement pas ! Tyler a pris deux balles dans le ventre et une balle en plein cœur, je reste. Je veux qu'on m'entende.

Et c'est exactement ce qu'elle fait.

La rue bascule en un panorama technicolor rouge, orange, jaune. Du feu partout. Des jets de pierres, de canettes. Tellement d'objets volants que ça brouille la vue. On se serre pour se protéger, mais sans cesser de crier « *No justice, no peace !* » et « Ras le bol ! Plein le nez ! » J'ai du mal à croire ce que nous sommes en train de faire.

Autour de nous, des gens portent des masques à gaz. D'autres se protègent la bouche et le nez avec leurs vêtements. La police charge avec des canons à fumigène.

Boum ! Ils tirent dans la foule.

Boum ! Encore.

À droite, à gauche, montent des colonnes de fumée. J'étouffe, mes yeux piquent, pleurent. Ma colère veut sortir. Je suffoque.

Des camions-citernes arrivent. Les policiers déroulent des lances et aspergent de l'eau dans tous les sens. La chaussée se transforme en patinoire, les gens glissent, dérapent sur les trottoirs.

La place se dégage, les manifestants rejoignent leurs voitures et parviennent à s'échapper. Maintenant, les policiers tirent à balles réelles.

Mama m'attrape le bras, nous courons vers notre voiture, suivis de G-mo, Ivy et Faith. Nos respirations sifflent, sifflent. L'oxygène revient une fois qu'on a quitté le chaos.

Avant, quand j'apprenais que des enfants noirs ou bruns avaient été tués par la police, je ne pensais pas que ça valait la peine de manifester, parce que ça ne servirait à rien. Je trouvais même les manifs stupides, parce que je me disais qu'elles ne changeaient pas les mentalités racistes. Mais aujourd'hui, j'ai vu : ce n'est que le début d'un long combat. Mon tour est arrivé de parler et de résister.

27

Je ne suis pas doué en dessin, mais les deux semaines suivantes, je m'acharne quand même : j'essaye de représenter un garçon à la coupe très dégradée sur la nuque, le nez épaté, aplati comme celui d'un carlin, debout devant un trou noir, une jambe déjà engloutie dans l'ombre. Expérience ratée pour tenter de me distraire, de moins me biler sur l'affaire Agent Monstre, c'est-à-dire, est-ce que le policier sera inculpé et jeté en prison pour ce qu'il a commis ?

J'ai tout essayé, même de me noyer dans la musique, mais rien ne marche, rien n'atténue le chagrin qui me bloque la gorge et m'empêche de respirer. Ça empire chaque jour. Je dors. Je me lève. Je dors. Je me lève. Et ainsi de suite.

Mes journées sont une succession de tristes cafouillis à l'intérieur d'un foyer fracassé. De l'autre côté de la fenêtre, là où la vraie vie attend et où le soleil se consume, je vois les Blancs marcher avec entrain dans la rue, et c'est un bon

Dieu de coup de poing dans les tripes de savoir que des gens comme moi en sont privés, de liberté.

Je me lève, je mange mes céréales. Je me lève, je me demande combien de matins, combien de nuits il me reste encore. Je me lève, j'essaye de me convaincre que c'était juste un rêve, mais ça provoque encore plus de peine. Parce que toute cette merde n'est pas un rêve, mec.

Un jour, mon frère était là, le lendemain, il n'y était plus.

C'est à la fois étrange et déprimant de s'interroger sur le nombre de jours qu'il faudra à Mama avant qu'elle arrête d'embrasser l'urne de Tyler. Combien de temps pour qu'elle cesse de lui parler matin et soir.

Mes lundis deviennent des mercredis, mes mercredis, des vendredis, mes vendredis, des lundis. Du moins, on dirait. Le temps est devenu une matière agonisante, insupportable. Il n'y a plus que l'instant présent, puis le suivant, et le suivant. C'est de la merde, le dicton : le temps ne cicatrise rien du tout, il anesthésie.

Je passe les lundis, vendredis et samedis avec Faith. C'est tellement chouette de la voir. Même à petite dose, sa présence est une potion que j'avale pour soulager mes douleurs.

Faith m'apprend aussi à devenir enfant unique, ce qui me retourne autant les boyaux qu'un long coup de couteau. Mais je trouve des façons de changer la blessure en colère, la colère en solitude, la solitude en occupations, même si celles-ci consistent à m'avancer dans les devoirs inutiles déposés chaque jour par Mme Tanner à la maison ou à dessiner comme un manche en semant des taches d'encre partout.

Un lundi soir, je trouve Faith le nez dans ses cahiers. Je la regarde travailler. J'évite de penser à mon dossier de candidature que je dois finaliser, mais je m'en sens toujours incapable. N'est-ce pas le comble qu'à cause de/grâce à la mort de mon frère, je sois admis au MIT parce que je remplis l'une de leurs cases réservées aux Noirs ?

— À quoi tu penses ? me demande Faith.

— À rien.

Elle soupire.

— Je pense à mes études universitaires. À la décision que je dois prendre.

— Ils te veulent au MIT, c'est ça ?

— Ouais.

— Ça te plaisait pourtant.

— Plus trop maintenant.

— Pourquoi tu ne veux plus y aller ?

— À cause de tout, de Tyler. J'sais pas.

— C'est dur de continuer d'avancer. Après la mort de Kayla, je ne me sentais plus le droit d'aller au lycée, des trucs comme ça.

Je sens que je vais encore pleurer. J'en ai marre de pleurer. Faith vient s'asseoir près de moi.

— Tu ne dois pas te sentir coupable, Marvin.

— Juste avant sa mort, je lui ai fait des reproches... Tu vois, quand t'es Noir, les gens sont persuadés que tu vas devenir dealer de drogue parce que c'est écrit au-dessus de ta tête. J'ai dit à Tyler qu'il n'avait pas à suivre ce schéma. Mais moi, je suis en train de tomber dans le même panneau : je choisis le MIT parce que tout le monde me dit que c'est la meilleure école.

— T'as plus l'air très emballé, conclut Faith.

Une fois rentré à la maison, j'attrape un paquet de gâteaux et mon ordi. Je commence par aller sur le site du MIT. Je referme la page. Je visite ensuite d'autres sites d'universités. En double cursus sciences-histoire afro-américaine, les meilleures sont les *Black Colleges*, c'est-à-dire les écoles qui ont très tôt ouvert leurs portes aux Noirs, comme Howard University. Elle a accueilli des Noirs devenus célèbres. Taraji P. Henson, Chadwick Boseman, Diddy, Zora Neale Hurston et même Thurgood Marshall.

Ma porte s'entrebâille. C'est Mama, vêtue d'une robe noir et blanc.

— Marvin, tu as de la visite.

— Qui ça ?

Intrigué, je referme l'ordi et je la suis. Une fille est assise dans la cuisine. C'est Daphne, la nana de la vidéo. Elle se lève. Elle a apporté une tourte encore chaude.

— Tu veux quoi ?

Je regrette aussitôt d'être aussi rustre, mais je n'aime pas qu'on me rappelle Tyler et l'audience. J'en veux à Daphne d'être là, d'être la dernière à avoir vu Tyler vivant avec le flic qui l'a tué, de l'avoir filmé sans essayer de lui porter secours. Mais je sais aussi que ce n'est pas sa faute.

Si elle avait tenté quelque chose, elle aurait pu être abattue elle aussi. Personne n'aurait jamais vu sa vidéo. Mama et moi n'aurions eu aucune idée des derniers instants de Tyler.

— Je suis juste venue… dire que j'étais désolée, bégaye Daphne. Je voulais le faire avant, mais je n'osais pas vous déranger.

Je suis trop noué pour répondre.

— J'ai perdu ma cousine à cause de la police, reprend Daphne. Je comprends ce que vous ressentez.

Mama reste debout, calme, si calme. Et moi, je me sens comme un cerf pris dans les phares d'une voiture. Dans ma tête, je lui dis *désolé*, mais le mot ne sort pas. On dirait que Daphne comprend.

— Elle s'appelait Jasmine, elle avait seize ans… On a grandi ensemble. Nos mères étaient aussi proches que Jaz et moi. On nous avait raconté plein d'histoires horribles, mais ça ne nous semblait pas réel, juste un cauchemar. Quand Jaz est morte, ça m'a frappée : j'ai compris que c'était pour de vrai.

Je la regarde enfin dans les yeux.

— Mon père nous mettait en garde contre la police. Il répétait qu'il y avait les bons et les mauvais flics, qu'il fallait bien regarder leur visage parce que ça faisait toute la différence. Il disait aussi qu'on devait apprendre à mémoriser leur matricule ou la plaque d'immatriculation de leur voiture. C'est pour ça que j'ai enregistré ce que j'ai vu. Avec une vidéo, les gens vous croient.

— Comment tu m'as retrouvé ? je murmure.

— Tu es célèbre. Pas une célébrité, bien sûr, mais ce n'était pas très compliqué.

Mama lui propose de dîner avec nous, et elle se lance dans les préparatifs d'un vrai repas. C'est la première fois depuis la mort de Tyler, parce qu'on on nous a souvent apporté des plats cuisinés. Même de l'argent pour payer mes études, a dit Mama. Ça ne ramènera pas Tyler, mais ça nous aide.

Poisson à la sauce piquante et macaronis au fromage. Pendant le repas, nos regards se croisent, Mama et moi, parce que la place de Tyler est occupée pour un petit moment. Petit. Mais je n'arrive pas à décider si ce bref instant réconforte ou déchire Mama.

La semaine dernière, on a organisé une veillée pour Tyler. Faith, Ivy et G-mo nous ont donné un coup de main. Ça s'est passé au parc. C'était le premier soir dégagé après trois jours de pluie ininterrompue, comme si le ciel se déversait sur terre. Nos petites bougies éclairaient la nuit. Sur un banc, on avait dressé des photos de Tyler entourées de fleurs. On aurait dit que toute la communauté s'était déplacée. Des inconnus avec des affiches Black Lives Matter, d'autres inconnus l'esprit tourné vers celui de leurs proches disparus. Des inconnus tenant des pancartes avec les noms de victimes noires, et le nom de Tyler, en grosses lettres. Des gens de Sojo High aussi.

Tante Nicola m'avait passé un coup de fil juste avant parce qu'elle savait que j'accusais le coup. Elle m'a redit que les veillées servent à célébrer la vie, pas la mort.

Toute cette nuit-là, jusqu'à ce que le soleil jaillisse comme s'il faisait craquer le ciel, on a prié. Prié pour la grâce, prié pour la miséricorde, prié pour que ça change, prié pour être guidés, prié pour les uns et les autres, prié pour se sentir protégés. Prié pour la justice.

Chaque jour qui dure une éternité, j'ouvre la boîte aux lettres avec l'espoir d'y trouver la décision du juge.

Un jour, une lettre avec le nom de Mama m'attend. Une enveloppe jaune, écrite à l'encre rouge, venant du tribunal de l'État. Le choc. J'appelle Mama. Elle l'ouvre, les mains tremblantes. On la lit ensemble. Le juge nous annonce que l'affaire n'en restera pas là, il y aura un procès.

Mama fixe la lettre sur le réfrigérateur. On reprend le collier du mieux qu'on peut, avec de faux sourires. À moins que ce ne soit pas des sourires. Imaginez recevoir une baffe dans la tronche chaque matin et sourire quand même. Donc, ce n'est pas sourire. C'est juste obliger ses zygomatiques à créer l'illusion du bonheur.

28

Aujourd'hui, j'aide Faith à réviser ses examens. Une fois qu'elle a récité les faits historiques américains avec leur date et qu'elle connaît sa géo, on passe à l'économie. Quand tout est terminé, je lui lis mon poème préféré, « Mother to Son » de Langston Hughes.

La vie pour moi n'a pas été un escalier en cristal.

— Tu sais, Marvin, toi qui lis énormément, tu devrais écrire un poème. Ou un livre.

Je rigole. Je l'observe aussi pour arriver à décider si elle est sérieuse ou si elle se moque de moi.

— Sérieux ! Je suis sûre que t'arriverais à écrire un livre sur ta vie et qu'il se vendrait à des millions d'exemplaires.

Je m'installe plus près d'elle.

— J'y ai jamais pensé, mais t'as peut-être raison... Et je te le dédierai !

— Non, ça me rendrait dingue !

— Pourquoi ?

— Parce que.

Elle me lance un regard malicieux éclairé par son super-sourire.

— Tu veux faire quoi plus tard ? je demande.

— Styliste.

Les murs de sa chambre sont couverts de photos de mode découpées dans des magazines. Ils forment des assemblages originaux et créatifs. Alors qu'elle me raconte les petites histoires de chacune de ses créations, je prends conscience d'un truc : c'est sa façon de s'échapper. Faith se noie dans des tonnes de *Vogue*, *Teen* et *Ebony*, pour s'en aller loin, très loin de Sterling Point, à travers ses découpages.

Au beau milieu d'une explication – un homme qui porte une robe de papier d'alu, une paire de Jordan blanches et un chapeau en peau d'alligator – une voix stridente l'appelle :

— Faith ! Faiiiiiith ! Viens ici !

— Aïe, ma mère. Elle rentre tôt ce soir. Je reviens.

Je m'affale sur son lit pour admirer le plafond couvert d'étoiles fluorescentes, tout en essayant de suivre d'une oreille la conversation entre mère et fille. Faith revient les bras chargés de linge qu'elle balance sur son gros pouf rose bonbon.

— J'ai oublié de les sortir du sèche-linge, soupire-t-elle. Ça la rend folle. L'âge !

Elle me rejoint sur le lit en riant. Je tourne lentement la tête, nos lèvres s'attrapent. On s'enflamme sous la collision. Je n'ai plus qu'une seule pensée : *ça fait mille fois plus de bien que n'importe quel mot qu'on ait pu se dire.* Je m'applique à l'embrasser le mieux possible pour qu'elle oublie où elle est, pour que moi j'oublie tout, pour me gaver d'espoir.

Mais elle recule, puis me prend la main.

— Tu n'as pas à te sentir coupable, Marvin. C'est normal de vivre. Si tu t'en empêches, alors ce flic aura volé vos deux vies.

Et elle reprend notre baiser. On s'allonge sur son lit, serrés l'un contre l'autre, on se raconte des histoires gênantes, ensuite elle me nomme chaque étoile en plastique collée au plafond.

— Celle-là, c'est Adelina... Non, Artisha.

— Et là, c'est Marcus, dis-je en pointant une toute petite.

— Tu vois les deux juste au-dessus ? Elles sont jumelles. À partir de maintenant, ce sera Marvin et Tyler.

Elle les fixe en souriant. La mère de Faith entre avec un bol de fruits secs. On se jette dessus.

— Porte ouverte, lumière allumée, Faith, OK? Et gardez donc un peu de place pour Jésus-Christ entre vous deux.

Faith lève les yeux au ciel sans cesser de sourire.

On finit nos fruits secs en se donnant la becquée, puis Faith me reconduit à la maison. Le soleil s'attarde à l'horizon comme s'il hésitait à se coucher.

29

— Elle t'a laissé le faire sans préservatif ?

C'est la première question que pose G-mo en enjambant ma fenêtre, Ivy suit. Depuis toutes ces années que nous sommes amis, je ne sais toujours pas pourquoi ils passent par là, mais je m'en fiche. G-mo a sa tête de super-fouine qui attend un tas de détails. Tant pis pour lui.

— Moins fort, mec. Mama se repose. Et puis on n'a pas couché ensemble.

— Pourquoi ? demande Ivy.

— Je crois qu'elle préfère attendre.

— Elle a peut-être plutôt envie que tu fasses le premier pas ?

Ivy n'insiste pas, on change de conversation. Je n'ai plus beaucoup de temps avant de rendre mon dossier au MIT. J'ai réfléchi à ce qu'a dit Faith : c'est vrai que je ne suis plus aussi motivé qu'avant pour y entrer. Je m'en étais convaincu, parce que tout le monde me serinait d'y aller.

Je ne sais même plus ce que je veux. Même pas si j'ai envie de vivre sans Tyler.

Pourquoi continuer s'il n'est plus là ?

Alors au lieu d'allumer mon ordi, on joue à NBA 2K pendant deux heures.

—

Quand je rejoins Mama, je la trouve assise dans la cuisine, perdue dans ses pensées. Elle ne sent pas la forte odeur de macaronis au fromage en train de cramer.

— Hello, mon ange, me dit-elle sans lever la tête.

— Qu'est-ce qui y a ?

— J'ai reçu un coup de fil.

Mama se lève enfin pour sortir son plat du four.

— De qui ?

— Un monsieur du MIT.

Aïe. Je ne lui en ai jamais parlé, parce que je pouvais prédire sa réaction : me démontrer que j'étais fou de viser un endroit pareil, si éloigné de ce que nous sommes et où les Noirs n'ont pas leur place.

— Qu'est-ce qu'il voulait ?

— Il attend toujours ton dossier. C'est quoi cette histoire, Marvin ?

— J'ai eu un entretien avec lui. Il est d'accord pour me recommander. Faut juste que je lui envoie ma lettre, mais je ne l'ai pas encore écrite. Je n'y arrive pas… Je ne suis plus trop sûr de le mériter, je…

— T'as eu un entretien avec le MIT ?

— Oui.

J'attends son petit couplet, mais c'est tout le contraire qui arrive : le visage de Mama s'éclaire, elle me prend la main.

— C'est formidable, mon grand.

— Vraiment ?

— Oui, confirme-t-elle.

— Je ne sais même plus si j'ai envie d'y aller. Toute ma vie on m'a répété que le MIT était ce qu'il y avait de mieux en sciences, mais j'ai l'impression que c'est juste du mensonge en boîte que je dois gober… J'hésite avec HBCU, si c'est pas trop tard pour postuler.

— Laquelle ?

— Howard.

C'est comme si je me soulageais enfin d'un immense poids. Le sourire de Mama resplendit, elle a l'air emballé pour moi. On reste assis en silence un moment, puis Mama me prend dans ses bras en m'assurant qu'elle est très fière de moi.

Elle se remet au fourneau, mais je sens qu'une myriade d'émotions l'agite intérieurement, genre Tyler ne déposera jamais de dossier nulle part.

30

Date : 15 janvier 2019
Destinataire : Marvin D. Johnson (mon fils)
De : Jamal P. Johnson
Numéro d'écrou : 2076-14-5555
Message : Mon grand,

J'ai beaucoup réfléchi à la liberté.

Qu'est-ce que la liberté ? Qui a la liberté ?

Un homme est-il libre quand il n'a pas besoin de penser à la façon dont on le regarde ou dont on le traite à cause de la couleur de sa peau ?

Est-il libre quand il n'a pas à passer sa vie terrestre avec des gens dont le cœur est pétri de haine ?

Ou bien est-il seulement libre quand il n'appartient plus à ce monde ?

Je n'ai pas les réponses, mais j'espère sincèrement que Tyler est libre, où qu'il soit, et que toi aussi, mon fils, tu trouves la liberté.

Je sais que tu souffres cruellement. Bon Dieu, moi aussi, mais n'oublie jamais que je t'aime.

Daddy

J'ai démarré des blogs pour Tyler sur les réseaux sociaux. La page Facebook a déjà cinq mille *like*. Deux mille *followers* sur Twitter. Même Lance Anderson suit celle de Tumblr.

Je regarde tous les jours pour lire ce qu'on écrit sur Tyler et pour préserver sa mémoire. C'était un garçon bien avec des rêves, des aspirations, des envies dont il n'avait pas forcément encore parlé. Ça fait partie de tout être humain. Tyler n'était pas un voyou qui méritait de mourir, je veux être certain qu'on s'en souvienne.

Moi je n'oublierai jamais Tyler.

Et je ne souhaite pas que le monde l'oublie non plus.

–

J'ai laissé passer la date butoir du MIT. J'imagine que M. Ross s'est fait une raison, je n'étais pas une si bonne pioche que ça, il a cessé d'appeler ou d'écrire.

La limite pour Howard est le 15 février, ce qui me laisse encore un mois. Quatre semaines pour me secouer les puces et me préparer à la nouvelle école de mes rêves. J'attrape un paquet de biscuits, j'allume l'ordi.

J'envoie un texto à G-mo et Ivy pour les prévenir que je retrouve Faith au parc, désert aujourd'hui. Ça sent le goudron et la peinture fraîche. Ils ont rénové le terrain de basket.

— Y a une balle là-bas ! s'exclame Faith en courant la chercher.

Elle commence à dribbler avec entrain.

— Tu joues au basket, toi ?

— J'adore ! J'étais dans l'équipe du collège et du lycée. J'allais à tous les tournois.

Chaque jour j'en apprends sur elle. J'espère que ça continuera encore longtemps.

— Une partie ? je propose.

Elle sautille, dribble, marque, le bout de ses doigts touche presque le dessus du panier. Belle détente.

— Allez ! C'est parti ! répond-elle avec un clin d'œil.

On est presque de la même taille, pourtant je suis incapable d'en faire autant. Purée.

Elle m'envoie la balle. Je dribble sur place, je la regarde. Elle est canon dans son short blanc. J'en oublie la balle qu'elle récupère sans hésiter.

— Hééé ! Tricheuse !

— Faut te concentrer, Marvin ! rigole-t-elle en courant vers le panier.

G-mo et Ivy arrivent au même moment.

— Yo, yo, yo ! s'exclame G-mo. Allez Faith ! Allez Marvin !

— Allez, G' ! Allez Ivy ! je réponds.

Je ne me rendais pas compte à quel point, mais ça me fait un bien fou de les voir, j'ai les idées plus claires.

— J'ai apporté de l'H_2O ! dit G-mo en sortant des bouteilles de son sac.

Ivy retire son bonnet gris, elle a la tête rasée. La boule à zéro.

— Ivy ! C'est quoi ça ?

— Un pari ! J'ai perdu.

Faith regarde de près.

— J'adore. C'est mignon.

— Merci, merci !

— On joue ? propose G-mo. Deux contre deux, qui est avec qui ?

— Ça m'est égal, répond Ivy.

— Alors, Faith et moi, contre Marvin et Ivy, OK ? dit G-mo.

— Yeah ! Marvin, bouge ! hurle Ivy.

Après une série de paniers, on se détend les jambes sur l'asphalte chaud. Faith est assise près de moi. Ivy commence à chanter *Campus Show*, repris par G-mo, puis moi.

— C'est quoi ça ! La chorale ? demande Faith en éclatant de rire.

C'est vrai qu'on a nos habitudes, j'avais oublié combien elles me manquaient. On discute de tout et de rien, puis G-mo annonce qu'il a un truc important à nous dire.

— Vas-y, accouche.

— J'ai beaucoup réfléchi aux études, tout ça.

— Ah ouais ? répond-on, Ivy et moi, en chœur.

— Je vais demander UCLA. C'est trop tard pour cette rentrée, mais pour le printemps d'après.

— Congrats' mec ! s'exclame Ivy en premier.

— Bravo, bolosse ! Tu vas y arriver, je suis sûr ! j'ajoute.

— Moi, je me suis décidée pour une filière ingénieure, déclare Ivy.

Je suis fier de mes deux potes.

— Peut-être que je finirai à la NASA, qui sait ! dit encore Ivy.

G-mo l'encourage, on est bien, tous ensemble. À mon tour.

— J'ai déposé un dossier à Howard.

— Non ! Tu laisses tomber le MIT ? s'étonne G-mo.

— Ah, ah ! T'as cogité, on dirait, commente Faith.

— J'ai ouvert les yeux, oui. Depuis toujours, j'entends que le MIT, et quelques autres, sont la crème des crèmes et que les écoles de Blancs, ça veut dire réussite, acceptation, passage obligé pour devenir quelqu'un. Quand Dodson m'expliquait que je n'arriverais jamais à y entrer, j'étais près à tout pour lui prouver le contraire… Mais j'ai passé trop de temps à me demander ce que les autres pensaient de moi, à essayer d'être suffisamment bon pour Dodson, pour les Blancs, pour Mama, pour tout le monde sauf moi. Je crois qu'il est temps que je devienne celui que j'ai envie d'être…

Pas un bruit, sauf les oiseaux qui chantent.

— Hé bé, mec, siffle G-mo. Je te comprends.

On joue encore plusieurs parties en changeant les équipes, puis Faith nous emmène au resto préféré de Tyler. J'essaye d'endiguer ma douleur, mais je crois qu'elle sera éternellement là.

31

Le soleil me cuit la peau comme s'il m'avait choisi pour victime n° 1. Je me protège comme je peux, mais ça ne marche pas. En voiture, Faith a la main heureuse en réglant les stations de radio : elle tombe sur « How Do U Want It », de Tupac. Je me sens tout de suite mieux.

Puis, c'est l'idée fixe sur mes premières fois : la première fois que j'ai entendu un coup de feu, la première fois que j'étais à l'ouest, la première fois que je suis sorti avec mes potes… Et la première fois sans mon frère, la première fois que j'ai vécu l'intolérance, la première fois qu'on m'a balancé que je n'étais pas assez bon, la première fois qu'on m'a dit que j'étais – que je suis – assez bon, mon premier baiser, ma première trique, mon premier amour. Les premières fois continuent de défiler jusqu'à ce que j'arrive à Faith.

On va chez elle pour être tous les deux, on s'installe sur le canapé avec de la musique. Elle m'embrasse sur la bouche, c'est agréable, léger. Ses lèvres sont douces, si douces que j'ai l'impression de tomber dans un édredon de plumes ou de caresser de la barbe à papa.

J'embrasse ses lèvres, ses paupières, ses sourcils, son front, le creux de son cou, ses oreilles et même ses seins à travers son T-shirt en coton. On roule, je suis dessus, elle est dessus, mon tour, son tour, mais le canapé est trop étroit, ça gâche.

— Tu préfères ma chambre ? demande-t-elle. On aura plus de place.

— Oui !

Je la suis sans hésitation. On tombe sur son lit, elle repousse la couette.

— Je t'aime, Marvin. T'es le meilleur, me dit-elle entre deux baisers.

— Moi aussi je t'aime, vraiment, vraiment, vraiment, beaucoup, dis-je en suçant sa lèvre.

— On se déshabille alors.

Et là, j'ai une mini-crise existentielle parce que je ne l'ai jamais fait. Je me demande si elle s'en doute. Ça va être trop bizarre. Faith va se rendre compte que je suis novice. Je retire ses vêtements ou je retire les miens ? Elle pige que je ne suis qu'un pov' naze, du coup elle m'aide, on se déshabille mutuellement.

En quelques secondes, nos chairs nues se frôlent. Une onde de chaleur nous gagne. On est tellement scotchés l'un à l'autre qu'il me faudrait un préservatif, là, tout de suite.

Entre nous ce n'est plus que halètements, caresses, mains baladeuses, l'air est chargé d'électricité, nos corps s'enfièvrent. Elle attrape une boîte sous son lit et en sort un préservatif.

— Faut se protéger, murmure-t-elle. Mets-le.

Je lis rapidement la notice et l'enfile.

— Faith, t'es sûre ?

— Oui !

Tout s'accélère.

Nos corps entrent en collision.

Nous ne sommes plus qu'un.

À l'assaut, à la découverte de l'autre, encore et encore.

J'embrasse le creux de son cou, elle frissonne, elle gémit, je continue. Je la regarde, elle est tellement, tellement… tout ce qu'il me faut. Les yeux fermés, elle savoure, et moi, je sens soudain mes couches de pudeur entassées au fil des ans s'effeuiller les unes après les autres. Plus elles s'envolent, plus je me libère, plus je goûte ce moment.

32

Deux semaines filent, on n'est plus qu'à quelques jours du procès. Je vais témoigner, avec d'autres personnes aussi. J'espère que les jurés écouteront et qu'ils prendront la bonne décision.

Mama, qui fume toujours comme un pompier, veut ranger la chambre de Tyler. La souffrance que je lis sur son visage me met à l'agonie. Je fais un effort surhumain pour ne pas pleurer quand elle me demande de participer. On décroche ses posters qu'on plie dans une boîte. On vide ses tiroirs, sa table de nuit, on trouve de vieux magazines sportifs, trois préservatifs, un pot de Vaseline et un dossier d'inscription à moitié rempli pour une université locale. Mama fond en larmes. On défait son lit, draps, taie, alèze. Ils atterrissent dans le panier à linge, et finiront au grenier, avec d'autres trucs oubliés.

— J'arrive toujours pas à y croire, se lamente Mama. J'ai l'impression qu'il va rentrer à la maison d'un instant à l'autre.

Je rassemble sa collection de cartes. Sous son tabouret, je trouve un morceau de papier plié, roulé en boule. Je le déplie.

— Qu'il va me demander son plat préféré.

— Je sais, Mama. Ça me fait pareil.

J'arrive à parler de lui sans éclater en sanglots, sans suffoquer. Mama ramasse des chaussettes semées aux quatre coins de la chambre puis les lance dans le panier à linge.

— Ça m'aide, reprend Mama. J'espère juste… que les gens n'oublieront pas que c'était un bon garçon qui avait le cœur sur la main.

Sa voix se brise.

La feuille pliée est une lettre adressée à Papa, écrite de son écriture en bâtons. Tyler lui dit combien il fera tout pour ne pas lui ressembler, combien il le déteste pour ce qu'il a fait, qu'il a peur de lui, qu'il… Je dois m'arrêter de lire, c'est trop douloureux.

Je déchire la lettre en mille morceaux que je jette à la poubelle. Faut que j'oublie ça. Tyler écrivait à Papa, je n'étais pas le seul.

Mama continue d'évacuer les affaires de sa chambre jusqu'à ce qu'il n'y ait plus rien. Vidée. Sauf le matelas, le cadre de lit et une boîte remplie de souvenirs tangibles.

Par bien des facettes, Tyler était comme Papa. Têtu, buté, égoïste la plupart du temps. Tyler était aussi un bon garçon, avec ses rêves, ses projets d'avenir. Ce n'était pas un monstre. Putain, c'est tellement les boules que rien de tout ça n'ait compté quand il a été flingué.

Tyler admirait Papa. Il m'admirait aussi, et moi, j'étais trop con pour m'en rendre compte. Maintenant, plus que jamais, j'attends le procès pour dire au monde entier à quel point mon frère était un type bien.

Mama a invité Faith, G-mo et Ivy pour un dîner de fin d'année avec l'argent reçu après la mort de Tyler. Elle a même prévu un siège pour Tyler, des banderoles et des ballons. On dirait une fête pour les survivants du ghetto. Ça me rend malade, mais je l'aide à organiser.

Elle prépare du poulet frit, des pommes de terre écrasées et du maïs en épi. Une drôle de soirée.

Quand tout le monde est reparti et que je suis couché, je n'arrête pas de me retourner dans mon lit. Mon nouveau moi : je ne dors plus. Je ne serais pas surpris qu'on me diagnostique de l'insomnie à vie. Je ne dors pas parce que je me transporte dans les souvenirs avec Tyler, ou parce que je l'entends dribbler sous ma fenêtre, s'exclamant qu'il jouera pour les Warriors avec Steph Curry. Il dribble comme s'il était le maillet tambourinant sur la Terre, sa grosse caisse.

Tyler est parti, mais les souvenirs restent. Et ça me va bien de rester éveillé pour les ranimer.

33

L'école est finie. Devant nous, soixante-dix jours et quelques avant de démarrer les études supérieures. La remise des diplômes est pour bientôt. Tante Nicola disait toujours que cette cérémonie marque l'entrée dans la vraie vie, avec les bébés, les crises existentielles et compagnie. Ça veut dire aussi que je vais bientôt recevoir des nouvelles de Howard.

Ivy m'a appelé, elle est acceptée dans les quatre universités où elle a postulé. Il ne lui reste plus qu'à choisir, sachant qu'elle n'a pas envie d'être trop loin de Candace, sa nouvelle petite amie, qui est dans une école d'esthétique.

G-mo est impatient de savoir pour UCLA : une fille qu'il connaît, avec des relations haut placées, aurait donné un coup de pouce à son dossier, du coup ses chances d'y entrer dès la rentrée sont multipliées par deux ou trois, a-t-il dit.

Grâce à l'un de ses magnifiques collages, Faith a décroché une bourse pour une école d'art de New York. Je lui ai promis de venir la voir. Je trouverai le moyen. Peut-être qu'après le procès j'aurai la tête plus claire.

En résumé, mes deux meilleurs amis et ma petite amie s'apprêtent à concrétiser leurs rêves, avec un avenir sur les rails, alors que moi, je suis coincé, sans plan A, juste un plan B lourdingue qui s'appelle « Ghetto pour la vie ».

—

C'est bientôt mon anniversaire. J'ai fait passer le message que je ne voulais pas le fêter. Je ne peux pas. La joie qui l'accompagnait a disparu, c'est un jour de deuil, on pleurera autour d'un gâteau. Savoir qu'il marque le début d'une année de premiers et de premières sans l'autre moitié de l'équation m'engourdit de tristesse.

À présent, j'ai plus de cinq mille *followers* sur Tumblr, une tonne de reblogs, ce qui, d'après G-mo, autodéclaré grand expert de Tumblr, est d'enfer. De plus en plus de gens suivent. Le décompte de *like* sur Facebook augmente chaque jour. On en est à neuf mille.

J'essaye de choisir quelle photo mettre en ligne. J'aime que ce soit à jour et synchrone. Hier, je suis tombé sur des photos prises pendant la manif, alors je les ai repostées. Mon but est qu'on n'oublie pas Tyler.

J'hésite sur une photo de Tyler et moi à quatre ans, assis sur les genoux de Papa et Mama dans un centre commercial, avec un lapin de Pâques grandeur nature faisant le signe de la paix derrière nous. On a l'air littéralement terrifiés par ce géant à museau de peluche. Si Tyler était près de moi, il m'étoufferait avec un oreiller pour m'en empêcher. Où qu'il soit, je sais qu'il me regarde en poussant des jurons. Mais je suis sûr qu'il sourit aussi.

—

Ça me demande toujours un gros effort pour sortir du lit. Il y a des jours où je contemple juste la noirceur qui se reflète dans le miroir de ma penderie. Je me dis que j'aime cette peau, que j'ai toujours aimé ma couleur, que si le monde ne m'aime pas, je m'aimerai pour deux. Après m'être rappelé que je compte, que j'ai toujours compté, que Tyler comptait et compte encore, je me fais une promesse. Je promets que je ne resterai jamais silencieux à propos de ce qui compte vraiment, que je continuerai de prononcer son nom jusqu'à la fin de mes jours.

Avec « I Got 5 On It » de Luniz sur le haut-parleur de mon téléphone et un gâteau dans la bouche, je sors vérifier la boîte aux lettres. Aujourd'hui, il fait beau, on ne dirait pas qu'il va pleuvoir, ce qui contredit les prévisions météo de mon appli.

Ça sent super bon, quelqu'un cuisine près de chez nous. Sa musique est encore plus forte que la mienne.

Trois lettres m'attendent. Une pour moi, de Howard. *Gloups.* Je ne l'ouvre pas immédiatement, je veux le faire avec Mama.

— Mama !

Elle est dans le salon avec l'aspirateur en marche, un gospel à la radio et un seau d'eau fumante.

— Regarde ! je gesticule avec la lettre.

Ses yeux s'agrandissent. Elle arrête l'aspi, retire ses gants jaunes avant de me serrer dans ses bras.

— Ouvre-la ! Ouvre-la ! s'exclame-t-elle en faisant presque des bonds.

Je déchire l'enveloppe n'importe comment. En haut de la feuille est écrit « Félicitations ! Admis ! » Je fonds en larmes, encore.

C'est Mama qui lit la lettre pour moi à voix haute.

— Je suis tellement fière, Marvin !

Elle recule, me regarde, sourit, comme si un peu de joie était descendu sur elle.

Tout est parfait.

—

Mercredi. Je suis dans la voiture assis à côté de Mama, elle m'a demandé qu'on passe la journée ensemble. Elle nous conduit à un resto de burgers près de son boulot. La radio joue un vieux tube « Doo Wop (That Thing) » de Lauryn Hill. Je suppose que le but de cette virée est de calmer nos nerfs en prévision du procès. Plus que quelques jours. J'essaye de ne pas trop y penser. Finalement, la décision des jurés n'est pas si importante, la vie de Tyler compte, même si eux sont incapables de le percevoir.

On se gare devant un petit resto à l'enseigne orange qui annonce IN-N-OUT BURGER. Mama coupe le moteur, ce qui éteint brutalement la musique et nous plonge dans un drôle de silence.

À l'intérieur, ça sent l'oignon, c'est presque vide. Les serveurs nous matent. Mama commande un simple cheeseburger et moi un double-double.

On s'installe. À sa façon de manger, je devine que Mama veut me parler. C'est un truc que j'ai appris avec elle après toutes ces années.

— Il est bon, le tien ? je demande.

— Pas mal.

Elle repousse une mèche de cheveux, plonge une frite dans le ketchup, mâchouille, puis s'éclaircit la gorge.

— J'ai pensé qu'on pourrait disperser les cendres de Tyler. Nicola trouve aussi que c'est une bonne idée.

Bordel. De. Merde.

Doucement, tout doucement, j'inspire. Je ne sais pas si je dois être fou de rage ou non, mais là maintenant, je suis fou de rage et blessé, tout mélangé.

— Pourquoi ?

— Je me suis dit que ça nous ferait du bien.

— Nous ?

— À toi et à moi. À Tyler aussi. Ce n'est pas très juste que je le garde éternellement. J'ai réfléchi à des endroits, le fleuve ou l'océan, quelque part où c'est agréable.

Je finis de manger en essayant d'intégrer tout ça. J'y pense durant tout le trajet de retour, toute la nuit. Quand je m'endors enfin, j'en rêve aussi.

34

— Marvin… Marvin !

Penchée sur moi, Mama essaye de me réveiller. J'ai les paupières lourdes, mais je me force à les ouvrir.

— Debout mon grand. On a de la route.

Samedi. Mama a trouvé l'endroit parfait pour disperser les cendres de Tyler.

Je me lève, je fais pipi, je me brosse les dents, je m'habille. Rien de chic, mais du confortable. La journée s'annonce très chaude, alors un short et un T-shirt.

Mama m'attend à la cuisine devant ses œufs brouillés. Elle a préparé une assiette de toasts à la confiture pour moi. Pas d'œufs, elle sait que je déteste. La voici qui redémarre sur son estuaire, comme c'est beau, ce sera l'endroit le plus calme de tout l'Alabama, idéal pour Tyler, tante Nicola le pense aussi.

Je n'ai même pas avalé la moitié d'un toast qu'elle a déjà englouti son assiette. Elle va chercher l'urne et l'album photo qu'elle a réalisé. Elle en sort une photo de nous trois, prise lors de la dernière réunion de famille. On avait trois ans. « Ses bébés », comme dit Mama. Elle ne pleure pas, mais la tient contre son cœur. C'est un progrès.

On passe prendre G-mo et Ivy chez eux. L'estuaire de Sterling Point sépare trois villes distantes de la nôtre. Ça prend des heures pour s'y rendre. Faith nous retrouve en route.

Le soleil cogne. Les pélicans et les cailles saluent du ciel alors que nous avançons à pas lents sur un chemin en bois. Je suis chargé de porter l'urne. Je n'ai jamais rien détesté de plus que cette sensation de porter Tyler, enfin, ses cendres, non, Tyler, je veux dire.

C'est lui et ce n'est pas lui.

La migraine monte. Je ne suis pas certain d'être capable de faire ça. *Respire, Marv'.*

On est silencieux, je n'entends que la nature, les oiseaux, l'eau qui clapote, les bulles que font les poissons. Le bruit des moteurs de voiture est lointain.

Ivy et G-mo me tapotent l'épaule à tour de rôle en me rappelant que tout est OK. J'essaye de mettre mon estomac en veilleuse, de me préparer à l'épreuve la plus difficile de ma vie.

— Comment tu te sens ? demande Faith.

Ah. Il y aurait bien des façons de répondre à cette question. Si je dis que ça va, je nous mentirais à tous les deux.

— Ça me fait bizarre, je soupire.

J'ai passé ma soirée à lire des trucs sur la dispersion des cendres. C'est censé marquer une étape, un pas en avant dans l'épreuve du deuil. On ne dirait pas, du moins, pas encore.

— Ferme les yeux, si ça peut t'aider.

— J'essaye. Mais c'est dur quand même.

Je vois mon reflet dans l'eau, Tyler serré contre ma poitrine.

— Mon pauvre chéri, murmure Mama en se tamponnant les yeux.

J'ai l'impression que le monde s'élance, mais sans moi.

— Courage, Marv', dit Ivy.

— Sois fort, mec, ajoute G-mo.

C'est bien de les avoir. Je pense souvent que je les retiens en arrière, que je les empêche de s'amuser, comme si je les avais plantés dans mon jardin pour moi seul. Mais c'est aussi rassurant d'apprendre qu'on peut être là les uns pour les autres, en toutes circonstances, et que ça nous convient.

Tupac le dit très bien dans sa chanson « Until the End of Time » : *In the hood, true homies make you feel good.* J'ai besoin de m'en souvenir.

Ivy et G-mo sont mes *homies*, mes vrais potes.

J'avance plus près du bord, je m'agenouille, trempe la main. L'eau est chaude. Il aimerait ça.

J'attends que le vent se calme, quelques secondes s'écoulent, douloureuses. Je dévisse le couvercle de l'urne en clignant des yeux pour chasser les larmes.

Je regarde G-mo. Puis Ivy. Puis Faith. Puis Mama.

Le temps avance au ralenti. Je déverse les cendres, elles flottent d'abord à la surface de l'eau, puis coulent et se dispersent.

— Comment tu te sens maintenant ? murmure Faith.

— Bien.

C'est un triste « Bien ». Les larmes m'inondent, le vent est revenu, il les emporte au loin, loin. Presque aussitôt, c'est le quart d'heure larmes. Le concours de laissez-couler-vos-larmes. Je prends Faith dans mes bras, puis G-mo, puis Ivy, puis enfin Mama. On se serre ensuite dans une même étreinte.

Le soleil sort de derrière les nuages. J'ignore où est Tyler, mais je sais qu'il fera toujours partie de mon présent et de mon futur. J'entends presque sa voix qui me remercie de l'avoir laissé partir.

Je n'oublierai jamais ce qui s'est passé. Je n'oublierai jamais que mon jumeau était là, et qu'ensuite, il m'a brutalement été arraché, laissant derrière lui un horrible trou béant qui me déchire. Je n'oublierai jamais nos souvenirs. Un jour, je le reverrai. Mais d'ici là, je dois rappeler à chacun autour de moi que sa vie compte.

REMERCIEMENTS

Tout d'abord, merci mon Dieu, mon Sauveur Jésus-Christ pour m'avoir guidé à travers toutes les larmes versées en écrivant ce livre.

Un grand, grand merci à tous ceux qui l'ont rendu possible :

Lauren Abramo, ma formidable, brillante, bosseuse, superhéroïne agent et amie. Depuis le premier jour où j'ai pris contact, tu m'as soutenu, tu t'es battue pour ce livre. Dès qu'on en a discuté au téléphone, j'ai senti ton enthousiasme et j'ai su que tu serais la meilleure.

Kheryn Callender, éditrice phénoménale et talentueuse qui a donné tellement plus de punch à ce livre. Une compétence hors du commun. Je suis plein d'humilité et honoré d'avoir travaillé avec toi pour atteindre ce résultat. Merci de m'avoir accepté. Merci d'avoir accepté mon livre. Merci à toi.

Applaudissements pour la fantastique équipe de Dystel, Goderich & Bourret, tout particulièrement à Michael, Jim et Sharon. Merci d'avoir porté mon livre comme vous l'avez fait.

De grands, GRANDS, mercis à tous chez Little, Brown Books for Young Readers, particulièrement à Alvina Ling, Kristina Pisciotta, Jessica Shoffel, Jennifer McClelland-Smith, Elizabeth Rosenbaum, Elena Yip, Victoria Stapleton, Michelle Campbell et Marisa Finkelstein. Votre enthousiasme, vos encouragements tout au long de la publication de *Tyler Johnson Was Here* étaient incroyables. J'ai tellement de chance d'avoir fait partie de votre équipe.

À mon jumeau par le prénom et meilleur ami, Jay Elliot Flynn, merci de m'avoir soutenu, merci pour ta sagacité, pour avoir toujours répondu présent quand j'avais tant besoin de toi, pour avoir lu la première version de *Tyler Johnson Was Here*, toutes ces pages d'embrouillamini. Tu es un vrai G. Je suis fier de te connaître.

Mes potes à la vie à la mort, Reggie, Deyon, Rajj, Zach W., Zach S., Mitch, Jacob et Chris. Je vous aime, chacun d'entre vous, et je chéris notre amitié. Merci d'avoir été à mes côtés tout au long des hauts et des bas qui ont accompagné ce livre.

Merci à Carl Frost et Neil Kring d'être les meilleurs pasteurs qui m'ont soutenu durant cette aventure. Je vous aime tous les deux et j'apprécie votre amitié.

Revo Squad, merci pour tes encouragements à poursuivre et atteindre les sommets. Je n'aurais jamais été jusqu'au bout sans ton approbation et ton amitié.

Adi Alsaid, Laura Silverman, Angie Thomas, Nic Stone, Dhonielle Clayton, L.L. McKinney, Adrienne Russell, Brandy Colbert, Justina Ireland, Ibi Zoboi, Phil

Stamper, Dave Connis, Jeff Zentner, Becky Albertalli, Farrah Penn, Tomi Adeyemi, Tiffany D. Jackson, Simon Curtis, Elsie Chapman, Eric Smith, Heidi Heilig, Hannah Moskowitz, Marieke Nijkamp, Adam Silvera, John Corey Whaley et Kara Thomas, amis auteurs parmi tant d'autres, vous avez été le meilleur soutien pour entrer dans ce monde nouveau de l'édition.

Merci à ma famille, à mes proches, qui m'ont encouragé jusqu'à ce que je termine ce livre, particulièrement mes deux sœurs, Diamond et Taya. Je vous aime toutes les deux et j'ai hâte de vous voir conquérir le monde.

PAPIER À BASE DE FIBRES CERTIFIÉES

Le Livre de Poche s'engage pour l'environnement en réduisant l'empreinte carbone de ses livres. Celle de cet exemplaire est de :
300 g éq. CO_2
Rendez-vous sur www.livredepoche-durable.fr

« Pour l'éditeur, le principe est d'utiliser des papiers composés de fibres naturelles, renouvelables, recyclables et fabriquées à partir de bois issus de forêts qui adoptent un système d'aménagement durable. En outre, l'éditeur attend de ses fournisseurs de papier qu'ils s'inscrivent dans une démarche de certification environnementale reconnue. »

Édité par la Librairie Générale Française - LPJ
(58 rue Jean Bleuzen, 92170 Vanves)

Composition Nord Compo
Achevé d'imprimer en Espagne par Liberdúplex
Dépôt légal 1re publication janvier 2021
15.5072.9/ 01 - ISBN : 978-2-01-713420-6
Loi n° 49-956 du 16 juillet 1949 sur les publications destinées à la jeunesse
Dépôt légal : janvier 2021